연애하듯, 여행

이 도서의 국립중앙도서관 출판시도서목록(CIP)은 e-CIP홈페이지(http://www.nl.go.kr/ecip)와
국가자료공동목록시스템(http://www.nl.go.kr/kolisnet)에서 이용하실 수 있습니다.
(CIP제어번호: 2015025866)

연애하듯, 여행

배낭을 메고 세계여행을 하며
웨딩사진을 찍다

글·사진 라라

마음의숲

Contents

:: 프롤로그

먼저 이야기

오랫동안 여행자로 살았다.

고민이 많던 스물아홉 끝자락, 회사에 사표를 내고 떠난 곳은 인도
였다. 왜 첫 여행지가 인도였을까? 지금도 난 그 까닭은 알지 못한다.
그 후 5년이란 시간을 길 위에서 떠돌았다. 그렇게 찾아갔던 인도에
서 지금의 소울메이트가 된 남편 J를 만났다. 우리는 라자스탄 작은
사막 마을에서 우연히 만났는데 당시 학생 신분으로 한 달의 여행을
계획하고 왔던 J는 바람같이 떠돌고 있던 나를 만나 돌아갈 비행기 티
켓을 찢어 버리고 내 여행길에 함께 올랐다. 우리는 함께 인도 구석구
석을 누비고, 터키까지 6개월을 더 여행한 뒤 한국으로 돌아왔다. 우
리의 만남은 그렇게 시작됐다. 그리고 내 5년의 여행은 그로 인해 종
지부를 찍었다.

사랑의 힘은 위대해서 바람처럼 돌고 있는 나를 끝내 멈추고 세워

서는 내가 자란 땅으로 다시금 돌아오게 만들었다. 한 사람을 사랑한다는 건 어쩌면 기적과도 같은 일이다. 그를 떠올리며 나는 이제 여행을 그만 해도 되겠다는 생각이 들었다. 그렇게 우리는 지구의 자전 속도를 따라 내달리는 기차에 함께 올랐다. 바람이 불었고 몇 번의 계절이 흘러갔다.

한국에 돌아와 서울 생활을 정리하고 우리는 바람의 땅, 제주로 이주했다. 그리고 결혼식을 올렸다. 패키지 형태의 신혼여행은 일찌감치 우리의 계획에 없었다. 결혼식이 끝나고 우리는 곧바로 제주로 돌아와 일상생활을 시작했다. 그리고 결혼식을 올리고 정확히 1년이 지난 후에 우리가 배낭을 메고 만났던 그때의 약속대로 그 배낭 속에 웨딩드레스와 와이셔츠, 나비넥타이를 담고 비행기에 올랐다. 그리고 찍지 않았던 웨딩사진을 여러 각국의 도시를 여행하며 촬영했다.

불필요한 제도에 맞서기란 쉽지 않았지만 그래도 최선을 다해 우리가 원하는 결혼식을 만들었고, 결혼이란 제도에 있어 과도한 소비와 지출을 과감하게 포기하고 서로의 지문을 새겨 넣은 은반지로 결혼반지를 대신했다. 우리가 연애시절 새끼손가락 걸고 약속했던 '배낭여행으로 웨딩사진을 찍으며 신혼여행 다니기'를 실행에 옮겼다. 이 글은 약 6개월이 넘는 그 시간의 기록이다.

여행에 있어서만큼은 무계획과 느린 여행을 즐기는 우리는 발길이 가는 대로 가보기로 했다. 그러다보니 생각지도 못한 아프리카 토고에 비행기가 불시착하는 일이 생기기도 하고, 그저 탱고가 좋아 부에노스아이레스에 한 달 동안 머무는 일도 생겼다. 결혼할 때 서로의 지문을 새겨 넣어 만들었던 결혼반지를 브라질 이파네마 파도에 잃어버리기도 했고, 두 차례나 서로의 가슴에 대못을 박고 다시는 안볼 것처럼 다투고 헤어졌다가 볼리비아의 국경과 콜롬비아의 작은 마을에서 다시 서로를 찾아 극적으로 만나기도 하고, 페루의 산을 넘으며 도움을 받았던 현지 사람들의 삶을 보고 밤새 작은 텐트 안에서 서로를 끌어안고 펑펑 울다가 마추픽추로 가는 것을 포기하기도 했다.

이 여행길의 의미는 근사한 곳에서 웨딩사진을 찍자였지만 결국 우리는 많은 것을 더 얻어가거나 또는 포기했다. 여행은 무언가를 꿈꾸게 한다. 달콤한 아이스크림 같은 그 꿈은 실행에 옮기기 전에는 환상과 호기심으로 가득하게 차올라 있지만, 실제와 마주한 여행은 고단하거나 가슴 저린 기억도 간직하고 있다. 하지만 이마저도 여행이 끝난 후에는 다시 원점으로 돌아가 그저 달콤하게 변해 심미적인 기억으로 남겠지.

여행길에서 다양한 사람을 만났다. 만났던 누군가를 때로는 다시 마주하기도 했다. 거울을 보듯 투명하게 투영되는 같은 영혼을 마치 기다렸다는 듯이 그들과 다시 재회할 때, 나는 전율했다. 계절이 흘러가고 시간이 흘러가면서 지구의 자전만큼 우리는 돌고 돌아 서로를 알아보고 손을 내밀었다. J와 내가 만난 그 시간처럼 세상에는 당신과 나를 만나려고 기다리는 사람이 많아. 그래서 난 그들을 알아보고 만나기 위해 끊임없이 시공간을 넘나드는 여행자로 살아갈지 모른다.
어디선가 당신과 내가 조우하면 우리의 눈동자가 별처럼 반짝반짝 빛
나겠지. 닮은 누군가를 만나면 이렇게 이야기한다.

"안녕, 낯선 사람. 난 당신을 기억해. 당신도 나를 기억하나요.
온 우주가 우리를 위해 존재하고 있었어요."

PROHIBIDO
FUMAR

Asia Thailand
아시아 태국

01

chapter

편도 티켓을 들고

사람들이 물었다.
인도에서 만나 결혼식을 올린 두 여행자의 신혼여행지는 어디냐고.

"1년 후에 6개월이 넘는 신혼여행을 가려고 해요."

결혼식이 끝나고 우리는 제주의 일상으로 돌아갔다.
그리고 1년 후, 우리는 다시 배낭을 꺼내 짐을 꾸렸다.

5년 전
인도에서 한 약속

인도 라자스탄주 자이살메르에서 한 시간 가량 버스를 타고 들어가면 만나게 되는 작은 사막 마을 쿠리. 뜨거운 태양 아래 사람들이 옹기종기 모여 사는 그곳에서 J와 나는 처음 만났다. 그때 나는 한국을 떠난 지 꽤 오래된 장기여행자였고, J는 이제 막 인도에 온 새내기 여행자였다. 나는 오랜 여행으로 지치고 푸석했다.

긴 머리카락은 아무렇게나 치렁거리며 내 허리춤까지 내려왔고, 화장품이나 선크림을 잘 바르지 않아 눈가에는 주름이 깊어졌으며, 피부는 검게 그을려 있었다. 맨발로 다녀 딱딱하게 굳은살이 박힌 발은 인도사람 발이라고 해도 믿을 수 있었다. 그 발에 아무렇게나 신고 다닌 허름한 고무신과 편안한 몸뻬바지 차림. 누가 봐도 내 모습은 방랑 중인 여행자였다. 그가 첫눈에 반했다는 아무것도 꾸미지 않은 그대로의 내 모습. J는 조금 부끄러운, 처음 만났던 날의 내 모습을 가장 사랑한다고 했다. 그 뜨거운 사막의 태양 아래서 우리는 서로를 첫눈에 알아보고 태양보다 뜨거운 사랑에 빠졌다.

한 달 일정의 배낭여행 중이던 J는 한국으로 돌아갈 비행기 티켓을 찢어버리고는 나와 함께 인도에서 터키로 6개월을 '더' 여행했다. 우리는 서로가 지향하는 것들에 대해 많은 이야기를 나누었다. 특히 결혼관이 같았는데, 결혼식의 무분별한 소비적 지출에 대한 생각이 같았다.

몇 년의 연애를 끝내고 시간이 흘러 마침내 '결혼'이라는 제도와 만나야 하는 순간이 오자, 우리는 5년 전 인도에서 했던 무언의 약속을 지키려 애썼다.

최대한 간단할 것. 최대한 거품을 뺄 것.

하지만 쉽지 않았다. 양가 어른들의 불안한 시선을 견뎌내는 시간은 그야말로 곤혹이었다. 작은 카페에서 소수의 지인들만 초대해 결혼식을 올리려던 계획은 결과적으로 실패했다. 우리는 시부모님의 바람대로 포천의 산정호수에서 식을 올렸다. 그나마 쫓기듯 시간에 맞춰 예식이 진행되는 공장 같은 예식장이 아니라는 점을 위로로 삼았다. 서로의 지문을 안쪽에 새겨 넣고 인도의 모래를 형상화한 은반지는 우리의 유일한 결혼 예물이 되었다. 인도에서 만나 부부가 된 두 여행자의 신혼여행지는 과연 어디일까 많은 사람이 궁금해 했지만, 우리는 결혼식이 끝나자마자 제주로 내려갔다.

"1년 후에 조금 더 돈을 모아 6개월이 넘는 신혼여행을 가려고 해요."

우리는 패키지 신혼여행도, 스튜디오에서 하는 웨딩촬영도 원하지 않았다. 우리가 만났던 여행에서처럼, 배낭을 메고 떠난 여행지에서 웨딩사진을 찍는 것. 그것이 바로 우리의 계획이었다. 배낭 속에는 인터넷 쇼핑몰에서 구입한 3만 9천 원짜리 웨딩드레스와 J가 좋아하는 노란색 나비넥타이와 하얀 셔츠가 사리 잡게 되었다.

마침내 1년 뒤, 우리는 다시 배낭을 메고 길 위에 설 수 있었다.

지금을 소중히 여기도록

세월이 흘러도 지금 이 시간을 기억하기를. 그저 지금에 충실하기를
여행이란 건 어쩌면 또 다른 일상이지만 우리가 그토록 원하던 시간이니
가장 소중한 시간은 과거도 미래도 아닌 오직 이 순간

볼리비아, 티티카카 호수

우린 느림보
거북이 여행자

드디어 여행이 시작되었다. 부부가 되고 나서 꼭 1년만이었다. 첫 번째 목적지인 태국으로 향하기 위해 제주를 떠나 인천공항에 잠시 멈췄다. 그리고 그곳에서 배낭에 챙겨간 웨딩드레스와 셔츠로 갈아입고 첫 번째 웨딩사진을 찍었다. 인도 사막에서 했던 약속을 드디어 지키게 된 것이다.

몇 시간 뒤 도착한 태국의 수안나폼 국제공항. 귓가에 들려오는 다양한 언어와 그만큼 많은 수의 사람들, 나를 휘감는 뜨거운 공기. 비로소 여행이 시작되었음을 실감했다. 이미 여러 번 들렀던 방콕은 전과 비슷한 모습이었지만 확실히 달라진 것이 있었다. 내 곁에는 이제 J가 있었다.

자정이 가까운 시각, 낯선 공항에서 택시를 잡아타고 가다 택시 기사와 싸움이 났다. 줄을 서서 기다렸다가 내 순서에 잡힌 택시 드라이버는 유독 다른 택시 드라이버보다 지저분했다. 아니나 다를까 택시에 올라선 드라이버는 내가 가고자 하는 쌈센로드까지는 700~800바트라는 종이를 보여준다. 훗, 이 여행자를 뭘로 보시나. 도로를 달리는 택시 안에서 그와 몇 번의 흥정을 했다.

600바트, 500바트, 400바트까지 내려갔고 숙소 앞에 다 내려서 내가 그에게 준 돈은 300바트. 250바트에도 충분히 오는 거리였지만 더

한국, 인천공항

이상 싸우기 싫어 300바트를 주고 돌아서니 그가 뒤에서 빽큐를 내뱉는다. 그러거나 말거나 어깨에 배낭을 메고 익숙한 그곳 쌈센로드를 걸었다. 예전의 기억들이 늦은 시간 어둠을 헤치고 내 발걸음을 이끌었다.

택시에서 내려 다시 아무렇지 않게 거리를 걷는 내게 J가 말했다.

"역시 여행자는 살아있군."

우리가 머무는 곳은 저렴한 여행자 숙소. 태국에 도착하니 알고 있던 단골집 몇 군데가 사라져 있었다. 5개에 100바트 하던 새우튀김을 팔던 곳은 히피 옷을 파는 가게로 변했다. 하지만 여전히 그대로인 곳도 많았다.

우리는 방콕에 도착해 4일을 머물렀던 게스트하우스를 체크아웃하고 다시 숙소를 옮겼다. 예전에 묵었던 숙소들은 흘러간 시간만큼이나 많이 낡아있었다. 우리는 조용하고 평화로운 느낌의 숙소를 원했다. 작아도 쉴 수 있는 정원이 있다면 J는 스케치 작업도 하고 마음껏 널브러져 책도 읽고 싶다고 했다. 난 그 의미를 알고 있었다. 우리 같은 여행자는 유적지를 구경하거나 쇼핑을 즐기거나 하지 않는다. 그저 편안한 휴식을 취할 평화로운 공간이 필요할 뿐.

숙소를 옮기고 드디어 남미로 가는 티켓을 구입했다. 웹사이트 스카이스캐너를 통해 알아본 결과 방콕에서 브라질로 들어가는 루트가, 그중에서도 리우데자네이루에 취항하는 에티오피아 항공사 티켓이 가장 저렴했다. 중간에 에티오피아의 수도 아디스아바바에서 한 번 갈아타야 했지만 상관없었다. 망설임 없이 결제를 마쳤다. 물론 편도로. 세금 포함 67,330바트. 1인당 109만 원 정도의 금액. 나쁘지 않았다. 게다가 스타얼라이언스 항공사라 마일리지 적립도 가능했다. 야호!

남미행 비행기 티켓도 마련되었으니 좋아하는 태국 북부 마을 빠이에 가기로 했다. 거기서 2주 정도 머물 계획이었다. J와는 이런 부분이 잘 맞아서 참 좋았다. 관광지나 유적지를 보러 가지 않고, 책을 읽고 글을 쓰고 그림을 그리고 현지음식을 먹고 현지의 삶을 즐기는 것을 더 좋아하는 우리.

우린 역시 느림보 거북이 여행자.

여행자가
빨래하는 법

태국 거리 여기저기에는 세탁기가 많다. 동전을 넣으면 언제든 이용이 가능하다. 세탁할 옷을 봉지에 담아가면 말끔히 세탁해 돌려받는 세탁 서비스를 이용할 수도 있다. 1킬로그램에 25~50바트를 지불하면 향기를 잔뜩 머금은, 잘 마른 옷을 다시 입을 수 있게 되는 것이다. 하지만 배낭여행자에게 그만큼의 옷가지가 있을 리 없다. 더구나 태국은 태양이 뜨거워 빨래도 잘 마르니 두세 벌의 옷을 번갈아 입는 내가 주로 사용하는 방법은 바로 이것이다.

Laundry
30 Baht / Kg.

우선 지퍼백에 물을 담고 세제를 푼다. 세탁할 옷을 그 안에 담고 입구를 잘 닫는다. 가볍게 여러 번 주무른다. 그리고 옷을 꺼내 물에 잘 헹궈서 빨랫줄에 쫙 펴서 넌다. 오래 사용해 지퍼백이 새기 시작해도 당황할 필요는 없다. 또 다른 방법이 있으니까. 이때 제대로 빛을 발하는 것이 바로 배낭여행의 필수품 'S자 고리'다. S자 고리는 숙소에 물건을 걸 자리가 없을 때도, 욕실에 수건이나 옷을 척 걸어둘 때도 무척 유용하다.

먼저 이 S자 고리 2개에 비닐봉지 손잡이를 건다. 그 안에 물에 푼 세제와 세탁할 옷을 넣는다. 그리고 조물조물 주무른 후 꺼내서 잘 헹군다. 이것이 바로 배낭여행자의 두 번째 세탁법이다.

모든 짐을 어깨에 짊어져야 하는 배낭여행자는 많은 것을 소유할 수 없다. 이런 작고 소소한 것들 덕분에 여행길이 얼마나 윤택해지는지 모른다. 그러고 보면 배낭여행은 인생과 많이 닮아있다. 우리의 인생길을 반짝이게 하는 것도 크고 거창한 것이 아니라 작고 소소한 것들이니 말이다.

빠이는 오늘도 느리게 흘러간다

며칠 째 40도가 넘는 날씨가 이어졌다. 우리는 방콕에 너무 오래 있었다는 생각이 들어 짐을 꾸려 태국 북부에 위치한 빠이로 이동하기로 했다. 카오산로드에서 출발한 버스는 12시간을 달려 아침 7시에 치앙마이에 도착했다. 다시 아침 7시 30분, 미니밴을 타고 구불구불한 산길을 따라 3시간을 더 달리고 나서야 마침내 우리는 빠이에 도착했다.

우리는 오토바이를 빌려 숙소를 알아봤다. 빠이 중심은 너무 시끄러워 중심가에서 조금 먼 곳에 자리 잡은 수영장이 딸린 방갈로에 열흘 정도 머물기로 했다. 방갈로 창문을 열면 소박하고 단아한 빠이의 풍경이 펼쳐져 더없이 좋았다. 야자수 나뭇잎으로 만든 욕실은 천장이 뚫려 있어 밖에서 보면 얼굴이 다 드러나 보일 정도였다. 하지만 샤워를 하면서 펼쳐진 논밭과 하늘을 보는 것도 나쁘지 않겠다 싶었다.

해가 지는 선선한 저녁이 오면 빠이의 중심가는 가난한 예술가들이 자기가 만든 작품을 들고 나와 좌판을 편다. 여행자들은 삼삼오오 모여 술병을 들고 거리를 걸으며, 값싸고 기름진 음식으로 뱃속을 채우느라 바쁘다. 그 틈 사이로 고산족 옷을 입은 아버지와 아이 두 명이 전통 음악에 맞춰 춤을 추고 있었다.

아이들을 위해 기부를 해달라는 영어가 적혀 있었지만 그 누구도 거들떠보지 않았다. J에게 돌아가는 길에 기부를 조금만 하자고 말했다. 기부함에 약간의 돈을 넣고 두 손을 모으고 인사했다. 아이도, 아이의 아버지도 두 손을 모으고 "코쿤캅" 고맙다는 인사를 한다.

가난한 나라에 올 때면 자주 보게 되는 모습들에 마치 나는 달나라에 사는 사람처럼 절대 뒤돌아보지 않겠다고 마음을 먹지만, 꼭 한 번씩 뒤돌아본다. 괜찮은가? 저 사람은 괜찮은가? 아니, 내 마음은 괜찮은가?

빠이의 거리는 밤이 되면 더 화려해지고, 살아있다고 소리치고 또 살고 싶다고 외치고 있다.

지진 그리고
손에 쥔 화투패

스콜현상으로 하루 한 번 소나기가 내리고 금방 멎는다. 그런데 이 상하게도 요란한 천둥번개까지 동반한 거센 비가 두 번이나 꽤 오래 내렸다. 창문을 모두 활짝 열어두고 앉아 오늘은 비가 참 많이도 오네, 하고 있는데 갑자기 방갈로가 갈지자 형태로 흔들리기 시작했다.

"어… 어? 어라!"

동시에 서로의 얼굴을 쳐다본 J와 나는 그 짧은 순간, 두 마리의 표범처럼 노련하게 창문을 통해 밖으로 뛰쳐나갔다. 맨발로 진흙투성인 땅을 딛고 서있는데 여전히 너무 어지러웠다. 같은 숙소에 머무는 서양인들도 놀랐는지 삼삼오오 모여들어 소리를 질러댔다.

"오 마이 갓!"

"지금 지진 난 거지?"

진동은 2~3분간 계속 되었고 수영장 물도 심하게 흔들렸다. 처음에는 방갈로를 부실하게 지어 집이 무너지나 했는데, 수영장 물이 마구 요동치며 밖으로 흘러넘치는 걸 보니 두려움이 밀려왔다.

몇 분 뒤 마침내 진동이 멈추자 정신을 차리고 주변을 살펴봤다. 한데 내 손에 홍단과 청단 화투패 몇 장이 꼭 쥐어져 있었다. 지진이 나기 전, 방갈로에서 비 내리는 걸 보며 화투나 치자면서 J와 고스톱을 치고 있었기 때문이다.

아, 사람의 인생이란 것이 별거 없구나 하는 생각이 들었다. 이 급한 상황에 내 손에 있던 것이 제일 값나가는 카메라나 중요한 여권, 복대의 돈이 아닌 좀 전까지 '짝!' 소리 나게 내리쳤던 화투패라니! 사람이 급하면 자기 근처에 있는 물건만 딱 들고 나온다더니 맞는 얘기였다. 맨발로 진흙 바닥을 밟고 서서 허망하게 웃고 있는데 J가 쓸데없는 말을 했다.

"지금 죽는다 해도 한곳에 함께 있으니 됐어. 떠날 땐 혹시라도 누구 하나 혼자 남지 않게 함께 떠나자."

빠이의
원두커피집

우연히 들어간 작은 식당에서 익숙한 커피 그라인더 소리를 들었다. 소리를 따라가보니 원두커피기계가 있는 것이 아닌가. 그 후로 매일 아침 들러 커피를 마셨다. 연유를 듬뿍 넣은 길거리 커피만 마시다가 오랜만에 원두커피를 마시니 황홀한 기분마저 들었다. 집에서 흔하게 내려먹던 원두커피를 이렇게 마시니 J는 커피 맛이 귀하게 느껴진다며 좋아했다.

"한국에서 흔히 마시던 커피가 이렇게 그리울지는 몰랐어. 여기서 마시니 뭔가 더 특별한 느낌이 드는 건 왜일까?"

시간, 시간, 시간들

샤워하러 갈 때마다 바닥타일에 새겨진 나뭇잎을 본다. 아마 흙이 굳기 전에 누군가가 나뭇잎의 본을 뜬 모양이다. 매끈하게 잘빠진 타일이 아닌 조금 거친 이 바닥을 맨발로 디디고 있으면 이상하게도 우주를 생각해야만 하는 당위성을 갖게 된다. 이런 욕실에 누군가 새긴 나뭇잎이라니. 천 개의 물방울이 내 몸에서 떨어져 나가 나뭇잎에 떨어지면 나뭇잎은 잎을 틔우고 나무가 될 수 있을까?

나는 믿고 싶다. 아라비아 신화 속에 나오는 피닉스라는 불사조처럼 500년마다 한 번씩 다시 태어나 날아오를 수 있다고. 그래서 샤워를 할 때 내 발 밑에 있는 나뭇잎을 보면 괜히 심오해진다. 이상하게도 그저 쉽게 생각할 수 없다. 이 잎은 날아올라 언젠가 나무로 태어날 수 있을 거야.

꼭 떠나기 전날에는
아쉬움을 남기는 일이 생긴다

숙소에서 책을 읽거나 자주 가는 카페에 앉아 사람들을 보고, J와 화투를 치거나 수영을 했다. 숙소의 고양이와 놀거나, 서점에서 사지도 않을 책을 살펴보는 일, 과일을 사먹고 강가를 걷는 일들이 우리가 빠이에서 하는 일이다.

우리는 빠이에서 그림을 그리는 태국인 알포를 만났고, 그와 종종 시간을 함께 보냈다. 알포는 가난했지만 재능이 넘쳤다. 그는 중국인과 태국인 반반의 피를 가졌고, 불교를 믿지만 윤회사상은 믿지 않는다고 했다. 그래서 그가 자주 하는 말은 "한 번뿐인 인생 신나게 즐기며 살거야!" 알포는 우리를 놀라게 하는 훌륭한 작품을 들고 나와 거리에서 팔았다. 돈이 좀 더 많았다면, 내가 바로 한국으로 돌아가는 여행자였다면, 알포의 그림을 모두 사고 싶었다. 그의 작품은 전체적으로 어둡긴 했지만 색채가 강렬했고 살아있었다. 빠이를 떠날 때, 가지고 다니던 J의 작업용 72가지 수채화 색연필을 알포에게 선물로 건넸다.

"나보다 네가 더 유용하게 사용할 수 있을 거야."

J로부터 편지와 함께 색연필을 받은 알포는 소가죽을 직접 잘라 만든 가방을 건넸다. 몇 번의 포옹과 따뜻한 인사가 오가고, 우리는 헤어졌다. 언젠가 알포의 바람대로 빠이 외곽에 조용한 카페를 열면 그곳에서 머물기로 약속하면서.

그렇게 우리는 빠이를 떠났다. 빠이에서 치앙마이로 이동하는 꼬부랑 도로에서 웬일인지 생전 하지도 않던 차멀미를 심하게 했다. 뒷좌석 이탈리아 여행자가 내 어깨를 툭툭 치더니 나지막이 속삭였다.

"버스를 탈 때 나는 늘 만약을 대비해서 비닐봉지를 들고 다녀."

그가 건넨 작은 비닐봉지는 마치 무슨 일이 생겨도 다 받아줄 보험처럼 든든했다. 좁은 봉고차 안에서 남에게 피해를 주고 싶지 않아 꾹 참고 있다가, 작은 음식점 앞에 차가 잠시 멈춘 사이 밖으로 뛰쳐나가 토악질을 했다. 그런데 옆에 있던 J도 저 멀리 서서 토악질을 하는 것이 아닌가. 아무래도 어젯밤 여행자들과 마신 술 때문인 것 같았다.

빠이에서 치앙마이로, 한 번 더 야간버스를 타고 방콕의 카오산로드에 하루가 지나 도착했다. 다시 찾아온 방콕의 게스트하우스에 짐을 풀고 책을 읽고 있는데 뽀글뽀글 파마를 한 남자가 다가와 혹시 실과 바늘이 있냐고 물었다. 그는 곧 우리가 가게 될, 아르헨티나 남자였다. 우리가 남미로 간다고 하자 그는 깜짝 놀라며 다짜고짜 자기네 집에서 머물라고 권했다.

"내일 우리 엄마에게 전화해둘게."

그래서 우리는 계획의 일부를 변경했다. 그는 아르헨티나에서 암달러로 환전하는 법, 더 편하게 칠레 국경을 넘는 법, 부에노스아이레스에서 반드시 가보아야 할 100년도 더 된 카페, 아르헨티나 북부 도시 살타에서 반드시 먹어봐야 할 엠파나다와 같은 음식 등 알짜배기 정보를 알려주었다. 그는 자전거 여행자였다. 곧 이탈리아 로마로 떠날

태국, 빠이

그도, 남미 브라질로 떠날 우리도, 모두가 지구를 한 바퀴 돌아 여행 중이었다. 우리는 서로 주소를 알려주며 언젠가 각자의 나라에서 다시 만나기로 약속했다.

떠나기 전날에는 꼭 아쉬움을 남기는 일들이 생긴다. 마치 다시 돌아오라는 신호처럼 말이다. 깊은 밤, 좋은 기억을 가슴에 다시 담고 행복하게 잠을 청했다. 오늘의 아쉬움을 달래야 또 다른 곳에서의 첫날을 맞이할 수 있음을 알기에.

굿바이 타이!

일찍 일어나 몇 개의 옷가지를 세탁하고 공항으로 가는 미니밴을 예약했다. 역시 방콕은 참 덥다. 잠시 나갔다왔는데 정신이 몽롱할 만큼 덥고 땀이 흘렀다.

이곳에 온 여행자들은 얼마만큼의 땀을 쏟고 갈까?

출발 전, 단골 마사지숍에서 풋마사지를 받았다. 노곤하게 잠이 들 만하니 가야할 시간. J는 마사지를 해준 직원의 어깨를 주물러주며 고맙다고 인사했다. 뜨거운 햇빛 덕분에 빳빳하게 잘 마른 옷들을 가방 속에 잘 넣고 새벽 비행기를 기다렸다.

좋은 인연을 만났고 좋은 에너지를 가득 재충전했다. 이제 다시 배낭을 멜 시간. 여행은 언제나 다시 못 볼 사람을 대하는 것처럼 마음이 아련하다. 지구가 둥글다는 건 그래서 마음이 놓인다. 돌고 돌아, 걷고 걸어 우리는 계속 만나고 인사하고 포옹하겠지. 아르헨티나 친구 펠리페는 로마로 떠나면서 이런 이야기를 했다.

"좋은 에너지는 계속 좋은 사람들을 만나게 해. 내가 너희랑 만났듯이. 남미 여행에서도 너희는 계속 좋은 사람들을 만날 거야. 왜냐하면 에너지는 서로를 알아보니까."

그래, 모두 따뜻하고 즐거운 여행이 되길. 그 뜨거운 포옹만큼이나 알고 싶은 다른 나라, 다른 문화, 다른 언어, 그리고 다른 인연. 하지만 여행을 하다 보면 그리 다를 것이 없다. 다른 듯 같은, 즐겁고 뜨거운 이 도시도 이젠 안녕.

안녕 방콕, 굿바이 타일랜드! 우리는 이제 남미로 간다.

나는 몸이 뜨겁고 넌 차갑지

나는 돈 계산이나 경제관념이 젬병이고,

너는 경제관념이 확실하고

대책을 잘 세우지

너는 물건을 아무 데나 두고,

나는 가위 하나, 서류 하나 완벽하고

꼼꼼하게 정리 정돈해

너는 글보다 말로 표현을 잘하고,

나는 말보다 글로 표현을 잘하지

너는 요리를 못하고 나는 요리하는 걸 좋아해

너는 술을 잘 못 마시고, 나는 술고래

생선을 먹을 때 너는 살코기를 좋아하고,

나는 껍질을 좋아하지

그러니까 생선살 하나 버릴게 없이 깨끗이 먹어

그래서 사는 게 재미지다는 거지

몸이 뜨거운 여자와 차가운 남자가

서로를 안을 수 있는 이유는

설명 안 헤도 충분하니까

그래, 나는 아직도 네가 많이 좋아

Africa Togo

아프리카 토고

여행은 때로는 어긋나지,
비행기가 불시착하듯

"언젠가 아프리카를 보고 싶어."

그런데 정말 우리를 멈춰 세운 곳은 남아메리카가 아닌 아프리카였다.
그렇게 갑자기 멈춘 곳은, 아프리카 토고.

검은 대륙
아프리카로

자정이 넘어 출발한 비행기 안에서 레드와인 두 병을 연거푸 마시고 깊은 잠에 빠졌다. 다시 눈을 떴을 때, 우리가 탄 비행기는 빈자리 하나 없이 승객을 가득 태운 채 신비의 땅 아프리카로 날아가고 있었다.

시간이 얼마나 흘렀을까, 비행기 창 가림막을 올려보니 동이 트고 있었다. 방콕이었다면 지금 해가 지는 게 맞겠지만 시차 덕분에 과거로 돌아간 듯 다시 같은 시간을 살고 있었다. 다시 떠오르는 어제의 태양. 마법 같은 이 시차를 겪어야 여행자는 비로소 도착한 세계에서 다시 살아갈 수 있다.

방콕 수완나품 공항에서 집채만 한 배낭을 거북이처럼 앞뒤로 메고 있는 여행자를 보았다. 나는 J에게 그가 우리와 같은 비행기에 탈 것이라 예언했다. 역시나 그랬다. 그도 우리처럼 브라질로 향하는 여행자였다. 이 여행자의 이름은 라이언. 그는 필리핀을 거쳐 동남아를 7개월째 여행 중이며, 미리 티켓을 구해둔 축구경기를 보기 위해 월드컵이 열리는 브라질로 가는 길이라고 했다. 라이언은 유머감각이 말도 못할 정도로 환상적이었는데, 특히 J와 잘 맞았다. 처음 만난 우리는 빠르게 친해져 함께 다녔다.

이른 새벽에 도착한 에티오피아. 착륙 전, 저 땅 어딘가에 얼룩말과 임팔라와 기린이 있지 않을까 상상하며 창밖 풍경을 바라보다 J에게 속삭였다.

"언젠가 아프리카를 보고 싶어."

에티오피아의 아디스아바바 공항은 비루하기 짝이 없었지만 처음 온 아프리카 대륙의 색다른 문화는 흥미로웠다. 작고 허름한 공항의 여자화장실에는 주전자 3개가 있었는데, 사람들은 그 주전자에 물을 받아 다른 사람들이 앉았던 변기커버를 닦아내기도 했다. 금연표시에도 아랑곳하지 않고 공항 레스토랑에서 담배를 태우는 사람, 마련된 장소에서 기도를 올리는 무슬림, 아무렇게나 바닥에 누워 비행기를 기다리는 사람도 많았다.

마침 스타얼라이언스 라운지가 보여서 무작정 들어갈 수 있느냐고 물었다. 물론 입장이 불가능하다는 걸 알고 있었지만 왠지 물어보고 싶었다. 그런데 때마침 공항 인터넷 고장으로 잔뜩 짜증이 나있던 카운터 직원은 그냥 들어가라며 나와 J, 그리고 라이언까지 라운지를 이용하게 해주었다. 그 덕에 우리는 지루한 웨이팅 6시간을 편히 보낼 수 있었다. 생각해보면 이때부터 기대하지도 않았던 공짜의 향연이 시작된 것 같다.

덤으로 얻은 여행지,
토고

다시 비행기에 올랐다. 이제 곧 브라질에 도착한다. 몸은 피곤에 지쳐 있었다. 차라리 와인을 마시고 잠을 청하기로 했다. 얼마나 지났을까? 눈을 떴는데 비행기가 멈춰선 곳은 남미 브라질이 아닌 아프리카 토고였다.

이 비행기가 왜 아프리카 토고로 온 거지?

아디스아바바에서 수많은 사람이 탑승했건만, 모두 내리고 지금 비행기에 남은 사람들은 40여 명뿐이었다. 항공사 직원들은 별다른 이야기도 없이 토고 공항 한가운데에 비행기를 멈춰 놓고는 3시간이나 우리를 방치했다. 영문을 알 턱이 없는 탑승객 몇몇이 일어나 큰 소리로 항의했다. 하지만 승무원들은 조금만 기다려달라는 말만 반복하며 승객들에게 음료와 식사를 나눠줄 뿐이었다. 기다리는 시간이 길어질수록 사람들의 목소리는 커졌다.

그 와중에 이상하게도 잠잠한 다섯 사람이 있었는데, 내 뒷좌석의 미국인 스티브와 그의 친구 다니엘, 스코틀랜드인 라이언, 그리고 우리 두 사람이었다. 모두 동남아 배낭여행을 마치고 브라질로 가는 중이었다. 우리는 서로의 여행에 대해 묻거나, 좌석에 누워 잠을 자거나, 책을 읽으며 짜증 섞인 사람들의 항의를 그저 물끄러미 바라보곤 했다.

뭐 어떻게든 되겠지.

우리에게서 오랜 장기여행자들의 느긋함이 흐르고 있었다. 해가 지고 어두워지기 시작할 무렵, 항공사 직원들이 승객들을 내리게 했다. 까닭도 설명도 해주지 않은 채, 하루 뒤 브라질로 다시 떠날 수 있으니 화물칸의 짐은 두고 나가라는 것이었다. 사람들은 기내에 들고 탔던 짐만 가지고 입국심사대로 향했다.

토고는 기본적으로 비자가 필요한 나라였다. 40명의 사람들은 항공사의 사정으로 응급 비자를 받아 입국처리 되었다. 받아본 여권에는 토고 비자가 찍혀 있었다. 그때까지도 단순히 항공기 결함으로 불시착한 줄 알았던 사람들은 항공사가 제공하는 고급 차량에 올라타 호텔로 이동했다.

기상악화, 항공기 결함 등으로 며칠간 무료로 좋은 호텔에 머무는 경우가 있다고 듣기는 했었다. 하지만 나에게 이런 행운이 찾아온 적은 없었다. 게다가 이곳은 아프리카가 아니던가! 그야말로 판타스틱했다.

다음 날 아침, J와 나는 호텔 주변을 산책하기로 했다. 덤으로 얻은 여행지였지만 토고란 곳을 그저 스쳐 가고 싶지 않았다. 이른 시간인데 어제의 그 승객들이 호텔 로비에 모여 회의를 하고 있었다. 미안하기는 했지만 못 본 척 서둘러 나와 거리를 걸었다. 내게 온 이 행운을 조금이라도 빨리 즐기고 싶었다.

산책을 하고 돌아오니 오늘 떠난다던 비행기의 일정이 다시 연기되었다는 소식. 배낭여행자 5명을 제외한 승객들은 모두 호텔로 찾아온

에티오피아 항공사 직원들과 큰 소리로 싸우고 있었다. 휴가가 끝나 이제 출근해야 하는 사람, 사업차 브라질을 방문해야 하는 중국인들, 여행 비자 만료일이 얼마 남지 않은 사람, 며칠 되지도 않는 신혼여행을 망치게 된 신혼부부 등 사연도 제각각이었다.

결국 하루만 있을 것이라던 토고에서 4일을 더 기다려야 브라질로 갈 수 있다는 항공사 직원의 말에 사람들은 폭발했다. 그들은 아침부터 저녁까지 로비에 모여 회의를 했다. 항공사 측에서는 한 사람 당 150달러 정도를 현금으로 제공했으며, 300달러 상당의 에티오피아 항공사 바우처도 제공했다. 누군가가 날씨도 더운데 화물칸에 짐을 두고 온 탓에 옷도 못 갈아입는다고 항의하자, 항공사 직원들은 화물칸에 있던 짐을 모두 호텔로 가져다주었다.

사람들은 이곳이 위험할 수 있다며 호텔 밖으로 한 발자국도 나가지 않았다. 그들은 4일 내내 호텔 안에서 시간을 보냈다. 배낭여행자 다섯 명만이 오늘 하루도 짧다며 열심히 밖으로 돌아다녔다. 라이언은 인터넷으로 가볼 만한 시장과 현지인 클럽 등 둘러볼 곳들을 알아냈고, 다니엘은 태국에서 사온 위스키를 풀었다. 즐겁기만 한 우리 다섯이 얄미웠는지 나머지 승객들이 힘을 합쳐서 항공사에 항의하자고 했지만, 우리는 그저 웃기만 했다. 공짜숙소, 공짜음식, 무비자입국, 거기다 돈까지 주는 고마운 에티오피아 항공사인걸!

갑작스러운 목적지 변경과 불시착의 이유가 아디스아바바에서 브라질로 가는 탑승객의 숫자가 너무 적었기 때문이었다는 걸 나중에

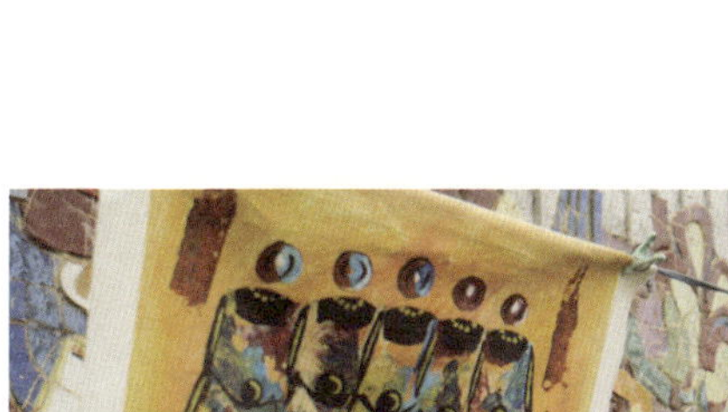

DIEU TOUT PUISSANT
TRESSE & TISSAGE

알았다. 이런 일도 있나 싶지만, 항공사는 토고에 멈춰서 브라질로 가는 손님을 4일간 더 모집했단다. 참 재미난 항공사다.

뜻하지 않게 찾아온 선물, 고마워요.
마치 다시는 못 볼 사람을 대하듯 정성을 다해 시간을 보내는 것.
기대하지 않은 여행이 주는 큰 선물, 우린 정말 행운아야!

토고의 장례식에서 춤을 췄네

밖에서 익숙한 젬베소리가 들려왔다. 새로 찾아낸 클럽에 가자는 다니엘과 스티븐의 제안을 마다하고 우리는 젬베소리를 따라갔다. 소리는 마치 강렬한 주술처럼 우리 둘을 이끌었다. 이미 자정을 넘긴 시각. 그곳의 사람들은 동양에서 온 이방인들에게 흔쾌히 곁을 내주었다. 젬베를 무척 좋아하는 우리 두 사람에게 아프리카의 리듬감 넘치는 젬베연주를 직접 보고 듣는 것은 그야말로 가슴 뛰는 경험이었다.
연주자의 얼굴에서 굵은 땀방울이 뚝뚝 흘러내렸다. 그중 한 사람이 다가오더니 J의 손을 잡아끌었다. J는 화려한 꽃무늬 옷을 입은 사람들과 함께 신나게 춤추며 환하게 웃었다. 마치 오늘밤이 마지막 밤이라도 되는 양 그들은 온몸이 땀에 젖도록 한바탕 춤을 췄다.
다음 날 아침을 먹다가 어제 우리가 갔던 곳이 장례식장이었다는 충격적인 이야기를 들었다. 여전히 주술사와 마법을 믿는 그들의 장례식은 죽음을 애도하며 눈물을 흘리고 슬퍼하는 우리네 장례문화와 달리 다 함께 어울려 미친 듯이 춤을 추고 한껏 웃는 것이라고 했다. 우리의 귀와 정신을 흥분시켰던 그 소리가 죽은 이를 위한 것이었다니. 괜히 춤을 추고 온 게 아닌가 싶어 부끄럽고 미안했다.

그런데 한 브라질 사람이 우리에게 이런 말을 했다.

"여기는 아프리카야, 브라질 사람도 한국 사람도 누군가 죽으면 슬퍼서 눈물을 흘리고 가슴 아파하지만, 아프리카 사람들은 죽음에 초연해. 그래서 애도하는 방식이 다른 거야. 그러니 미안해하거나 부끄러워할 필요 없어. 단지 이곳의 문화일 뿐이니까. 그들은 이방인이 자기들과 어울려 춤춰줘서 더 고맙다고 생각했을 거야. 미리 알았으면 나도 들러봤을 텐데."

우리는 뒤늦게나마 고인에게 애도를 표했다. 이 모든 이야기를 듣고 J는 말했다.

"그래서 그들이 뭐에 홀린 듯이 춤을 췄나 봐. 슬픔이란 감정을 뜨거운 몸짓으로 녹여낸 거지. 그렇게 땀을 쏟아낼 만큼 열정적으로 말이야. 그런데 만약에 우리 둘 중 한 명이 여기서 죽으면 남은 사람이 춤을 춰야 하는 거야?"

짧은 아프리카 여행 중 모르는 이의 장례식장에 가서 신나게 춤까지 추다니. 덤으로 얻은 이 여행은 과연 어디까지 가는 걸까?

우리의 프로젝트
웨딩사진 찍기

토고에서의 4일이 짧게만 느껴졌다. 하지만 황당한 사건 때문에 엉뚱한 땅에 발이 묶였다고 생각하는 다른 승객들에게 그 시간은 무척 길었다고 했다. 지난 4일 동안 우리는 오토바이 택시도 타고, 뽀얀 먼지가 이는 도로를 달려 시장도 가고, 거리를 걷고, 현지인 클럽에도 찾아가 춤을 췄다. 흥정을 거듭해 3,000시파에 손에 넣은 토고국기가 그려진 축구티셔츠는 볼 때마다 토고를 떠오르게 하겠지.

너무 신나게 지내다 보니 하마터면 웨딩사진을 찍는 것도 잊을 뻔했다. 우리는 자동차와 오토바이가 뒤엉켜 다니는 호텔 앞 거리에서 사진을 찍기로 했다. 흰 드레스와 와이셔츠를 입은 우리를 보자 사람들이 엄지를 들어올렸다. 여기저기서 다가와 함께 사진을 찍자며 휴대폰을 내밀기도 했다. 실크처럼 부드럽고 탄탄한 검은 피부의 사람들은 지구 반대편 동양에서 온 우리를 신기하게 바라봤다. 이들과 함께 한 토고의 풍경은 투박하지만 오래도록 기억에 남을 것 같다.

토고,
고마웠어요!

아프리카, 토고

아득한 꿈처럼

아득한 꿈처럼 느껴질 듯한 아프리카

언제쯤 이 땅에 다시 올 수 있을까

항상 떠날 때는 다시는 못 볼 사람을 보는 것처럼

마음이 아련하다

몽롱하고 아련하게 자리 잡을,

비행기가 불시착한 토고라는 땅

South America Brazil

남아메리카 브라질

치열한 연애, 연애하듯 여행

사랑했던 감정은 잊고
어느새 손톱을 들어낸 채 싸우고 있다.
우리 이대로 괜찮은 걸까?

공항 노숙으로
시작된 브라질

토고를 떠나 브라질 리우데자네이루에 도착했다. 토고에서 연착된 비행기는 3시간 30분이나 늦게 공항에 도착했다. 그렇잖아도 세계에서 손꼽히는 위험한 도시에서 중요한 물품과 배낭을 몸에 지닌 채 밤 늦게 숙소를 찾아 헤매는 일은 위험하기 짝이 없었다.

〈시티 오브 갓〉이라는 영화가 있다. 영화는 어린아이가 여행객에게 총을 내밀고 돈과 카메라를 훔치는 장면으로 시작하는데, 실화를 바탕으로 한 영화라는 게 믿기 힘들 만큼 끔찍한 범죄가 난무하는 현실을 그대로 보여준다.

공항에 도착하자마자 라이언은 영화 〈시티 오브 갓〉의 배경인 슬럼가 파벨라에 주둔 중인 친구와 함께 떠났다. 군인인 친구 덕분에 그곳에서 안전하게 몇 주 머물 것이라고 했다. 아마도 라이언은 진짜 브라질을 볼 수 있을 것이다.

남은 우리도 이제부터 살길을 찾아야 했다. 예약해둔 숙소도 없었고 밤도 늦었으니 '그냥 공항에서 하루 자는 쪽'으로 의견이 모아졌다. 어제까지만 해도 별 다섯 개짜리 고급 호텔에서 지내던 우리였건만, 하루아침에 공항 노숙자 신세로 전락했다. 하지만 우리는 어떤 상황에서도 살아남을 수 있는 배낭여행자다. 매의 눈으로 공항 구석구석을 살피기 시작했다. 그러다 밤이라 아무도 사용하지 않는 항공사 부스를 발견했다. 책상 밑으로 배낭을 밀어 넣고 몸을 누이니 왠지 안전하게 느껴졌다. J와 다니엘이 어디선가 커다란 공사용 판넬을 들고와 매트리스를 만들었다. 우리는 각자 자리를 잡고 일기를 쓰거나, 누워서 책을 꺼내 읽거나, 스케치를 하거나, 음악을 듣다가 잠을 청하기로 했다. 알아들을 수 없는 안내방송, 태양보다 환한 형광등 불빛, 바닥에서 올라오는 차가운 기운 때문에 잠들기란 여간 쉽지 않았다. 그러나 함께 모여 있다는 것만으로도 든든하고 위안이 되었다.

다들 내 마음과 같겠지.

그렇게 브라질에서의 첫 날이 지나고 있었다.

아미고!
아디오스!

해가 떠올랐다. 부스스 일어나 아침식사를 준비했다. 비행기에서 챙겨온 빵과 버터를 꺼내자 스티븐이 커피를 만들어주겠다며 주섬주섬 뭔가를 꺼냈다. 반으로 자른 음료수 캔을 두 개 겹친 것이었는데, 안에 알코올을 붓고 라이터로 불을 붙이니 근사한 알코올램프가 되는 것이 아닌가! 램프 위에 물을 올려 끓이고 커피를 만들기 시작했다.

작고 가벼워 참 좋다고 감탄을 연발하니, 스티븐은 다시 만들면 된다면서 선뜻 우리에게 램프를 선물했다.

식사도 마쳤고, 화장실에서 세수도 했고, 1층 인포메이션 센터에서 교통편과 숙소정보도 얻었으니 이제 각자의 목적지로 향해야 할 시간.

Via rasil se mais.
ERO
RTOS
FEDERA
RASIL
PA ICO S SEM POBREZ

“뉴욕에 오면 꼭 연락해.”

“제주에 오면 연락해!”

우리는 각자의 수첩에 연락처와 주소를 주고받았다. 배낭을 메고 뜨거운 포옹을 나눈 뒤, 엄지손가락을 치켜든 채 각자의 길로 돌아섰다. 영혼은 자신과 닮은 영혼을 알아본다고 했던가. 우리는 불시착한 땅에서 만나 끈끈하게 뭉쳤고, 다시 만나자는 바람 같은 약속을 남긴 채 이별했다.

어디선가 알싸한 민트향 바람이 지나갔다. 아미고! 아디오스!

시니컬해진 마음

브라질에 온 후로, J와 나는 같이 있음에도 불구하고 불쑥불쑥 외로웠다. 아마도 오랜 시간 짧고도 강렬하게 타인과 정을 쌓았기 때문일 것이다. 그래도 다행이었다. 둘이라 외로움이 가슴 깊이 파고들지는 않았으니. 혼자 여행할 때는 이런 외로움을 감당하기 힘겨워 아무도 들어오지 못하도록 먼저 마음을 닫아두기도 했었다.

우리는 상당히 예민해진 상태였다. 한국과 다름없는, 혹은 더 비싼 물가로 상당히 긴장한 탓이었다. 애초 모든 걸 넉넉하게 준비한 여행이 아니었기에 스스로 조절해 나가야 했던 것이다. 더구나 브라질 사람들은 영어를 못하고 우리는 포루투갈어를 모르니 너무 답답했다.

주문한 것과 완전히 다른 음식이 나오는 경우도 허다했다. 브라질에 오고 하루도 지나지 않아 입맛이 싹 사라졌다. 남미 여행을 하는 배 낭여행자들이 이곳을 서둘러 지나는 까닭을 순간순간 피부로 느낄 수 있었다.

그래도 우리는 코파카바나 해변을 산책했고, 아이스크림을 먹으며 거리를 걸었다. 다이빙과 서핑을 즐기고, 두 귀에 이어폰을 꽂은 채 해변을 따라 조깅하는 사람들…. 리우의 해변은 왠지 호주의 골드코 스트를 떠오르게 했다. J는 이국적인 풍경에 반한 듯 여기에서 한 달 은 살고 싶다고 말했다.

물가가 너무 비싸. 관광지라 그렇다고 하기엔 모든 것이 부족해! 나 는 브라질에 오고 나서부터 아주 시니컬해졌다.

낯선 곳에, 이런 감정으로,
나를 두고, 가지 마

리우데자네이루에서 어디를 가보고 싶은지 묻는 J에게, 망설임 없이 답했다.

"히피 마을."

가끔 나는 전생에 히피가 아니었을까 생각하곤 했다. 그래서 그곳만은 꼭 들르자고 했다. 지도를 챙겨 숙소를 나서 버스타기와 걷기를 반복했다. 그러다 라파라는 지역을 지날 무렵 지금은 기억나지도 않는 어떤 사소한 문제로 우리는 한바탕 싸웠다. 주변에는 큰 빌딩이 즐비했고 오가는 사람도 많았다. 그곳에서 우리는 서로에게 날카로운 소리를 지르기 시작했다. 모르긴 해도 거리의 모든 이들이 우리를 신기하게 바라봤을 것이다. 막히는 버스 안에서, 거리에서, 상점에서 저마다 무슨 일일까 추측했겠지.

"너는 너, 나는 나, 이 여행 이렇게 갈라서자."

우리는 각자 걸어가기 시작했다. 나는 길을 따라 걷다가 골목 어귀를 돌았고 상점을 끼고 다시 돌았다. 작은 길을 몇 번 건너고 횡단보도도 몇 개 지났다. 그리고 순간 뒤를 돌아보았다. 따라올 줄 알았던 J는 보이지 않았다. 나는 당황했다. 설마 그가 나를 두고 갈 줄은 몰랐다. 지갑과 여권은 모두 그에게 있었다. 게다가 나는 심각한 길치였다. 지도를 볼 줄 모르는 정도가 아니라, 방향감각이 전혀 없어서 동서남북은 고사하고 좌우도 혼동하는 정도다. 그는 이런 나를 두고 그냥 가버린 것이었다. 난 정말 두려웠고, 그만큼 슬펐다. 우리가 사랑했던 순간들이 주마등처럼 스쳐 지나갔다.

난 그만 체념했다. 그리고 어떻게든 숙소까지 걸어가기로 마음먹었다. 그리고 몇 걸음 걸었을까, 크고 둥근 조명을 파는 상점 앞을 지나는데 두 눈을 동그랗게 뜬 J가 와락 나를 끌어안았다.

"어디에 있었어? 널 따라가다가 놓쳤어!"

순간, 화가 나서 그렁그렁 맺혀 있던 눈물이 툭! 하고 떨어졌다. 그리고 이름 모를 거리에 서서 펑펑 눈물을 쏟고 말았다. 서로에게 지울 수 없는 온갖 상처의 말을 던지고, 손톱을 드러내 할퀸 뒤에야, 우리는 다시 서로를 안았다.

라파까지 갔지만 우리는 많은 길을 따로 걸었다. 결국 그토록 가보고 싶었던 히피마을에는 가지 못했다. 라파 지역도 제대로 못보고 숙소로 돌아왔다. 대신 많은 이야기를 오래도록 나누었다.

낯선 곳에서 우리, 서로에게 좀 더 잘하자.

브라질에 왔다면

세계 7대 불가사의 중 하나인 브라질 리우데자네이루의 코르코바도 산에 자리한 예수 그리스도상. 저 높은 곳에 리우를 끌어안듯 두 팔을 벌리고 선 그리스도상을 보고 있노라면 모든 걸 용서하는 자비

로운 마음으로 이 땅을 보듬고 있다는 느낌이 절로 든다. 하지만 과연 저 높은 곳에서 리우 빈민가의 모습이 제대로 보일까 싶기도 하다.

예수상과 슈가로프는 떠나기 이틀 전에야 보았다. 그것도 꾸역꾸역 해내야 하는 일을 한다는 생각으로.

우리는 다시 슈가로프로 향했다. 버스를 갈아탈 때 잘 몰라 두리번거리다 마침 영어가 유창한 관광학과 여대생을 만났다. 덕분에 슈가로프로 쉽게 가는 길도 알 수 있었다. 몇 가지 궁금했던 포르투갈어 문장과 단어를 영어로 적어달라는 우리 부탁까지 들어준 후 자리를 떠나며 그녀가 당부했다.

"얼굴이 검고 티셔츠를 입지 않은 맨발의 아이들을 조심해요."

아, 영화 〈시티 오브 갓〉에 나오는 그런 아이들을 말하는 모양이었다. 우리는 조금 더 긴장했다.

이파네마 파도가 가져간 결혼반지

브라질에 와서 하고 가장 하고 싶었던 일은 태양을 바라보며 해변에 누워 있는 것이었다. 그래서 오늘은 종일 해변에서 느긋하게 보내기로 했다. 나는 해변에 자리를 잡고 앉아 맥주 한 잔과 함께 눈부신 태양을 맞이했다. 수영을 하고 싶다던 J는 티셔츠를 벗어던지고는 바다로 뛰어들었다. 그런데 순간 파도에 휩쓸리는 것이 아닌가!

사실 이파네마 해변은 파도가 거칠고 심하기로 유명하다. 그렇다 해도 J는 수영을 못하는 사람이 아니었다. 아니, 상당히 잘했다. 그런데도 그렇게 정신없이 파도에 휩쓸리고 만 것이었다. 잠시 후 물 밖으로 나온 그가 두 눈이 축 처진 망아지처럼 내게 말했다.

"라라, 나 결혼반지 잃어버렸어!"

세상에, 파도가 어찌나 센지 몸에 있는 모든 걸 흡수하듯 손가락에 있던 반지를 쑥 빼가더란다. 그 순간 정신을 차린 J는 서둘러 물 밖으로 나왔다고 했다. 이파네마의 파도는 그렇게 우리의 결혼반지를 가져갔다.

1년 전 소중한 의미를 담아 만든 반지였다. 우리에게 결혼반지는 반드시 다이아몬드나 금이어야 할 필요는 없었다. 단지 내가 원했던 건 반지 안쪽에 서로의 손가락 지문을 넣는 것 뿐. 제작을 부탁받은 선배는 우리가 처음 만난 사막을 떠올렸고, 실제 모래를 이용해 반지 표면을 장식했다. 우리에게 사막은 서로를 불러들인 매개체적인 장소이자 서로를 알아보게 한 우주 같은 곳이었으니. 이렇게 해서 완성된, 세상에 단 하나뿐인 절대반지. 서로의 지문을 품고 서로의 손가락에 끼워진 은반지. 바로 그 반지를 지구 반대편 나라에서 잃어버린 것이었다.

J는 며칠 동안 반지 때문에 속상해했다.

하지만 괜찮아. 사라진 것이 아니니까.

그 반지는 지금도 브라질 리우데자네이루의 이파네마 해변 어딘가에 있을 것이다. 그러니 언젠가 식탁 위에 반찬으로 올라온 물고기 뱃속에서 잃어버린 반지를 찾게 될지도 모를 일. 우리는 그렇게 아쉬운 마음을 다독였다.

때로는 피곤한, 하지만 소중한

사랑은 때로 피곤하다
하지만 곁에 있을 때 잘해야 한다
이토록 치열한 여행도,
연애하듯 계속되어야만 한다

때로는 피곤한, 하지만 소중한

South America Argentina & Uruguay
남아메리카 아로헨티나 & 우루과이

여행자를 사로잡는
사소한 감정

때로는 한 여행자에게
지구 한 바퀴를 돌아서라도
다시 오고 싶다는 마음을 가지게 하는 어떤 것.

살아 있음을 느끼는
이과수 폭포

길게 이어지는 숲 속을 걷다보면 어디선가 희미한 물소리가 들린다. 그러다 거대한 굉음으로 들리던 물소리가 눈앞에 펼쳐질 때 쯤 웅장한 폭포의 자태가 모습을 드러낸다. 그 옛날 원주민들은 '큰 물' '거대한 물' 이라는 뜻의 '이과수'라고 불렀다. 배를 타고 나갔다가 살아서 돌아오지 못하는 지점을 '악마의 목구멍'이라 불렀는데, 이곳이 이과수의 하이라이트다.

이과수는 국경을 마주하고 있는 브라질과 아르헨티나, 파라과이에서 모두 볼 수 있다. 브라질에서는 전체적인 큰 윤곽을, 아르헨티나에서는 여러 산책로를 통해 악마의 목구멍을 비롯한 다양한 모습을 좀 더 가까이에서 볼 수 있다.

우리는 아르헨티나 구역을 택했다. 아르헨티나 이과수 국립공원은 브라질보다 몇 배나 커서 다 보려면 꼬박 하루가 걸린다고 했다. 산책하듯 여유 있게 이과수를 만나고 싶었던 우리는 물과 쿠키를 챙겨들고 하루 종일 걷고 또 걸었다.

이 많은 물은 어디서 와서 어디로 가는 것일까.

여행자를 잡는
아주 사소한 감정

여행자들이 이과수 폭포를 보기 위해 잠시 들르는 아르헨티나 국경마을 푸에르토 이과수. 작고 볼품없는 이 마을에 우리는 며칠을 더 머물렀는데 이유는 단 하나, 다정하고 온기 가득한 카페가 그곳에 있기 때문이었다.

여행 중인 이방인은 때로 잘 웃지 않는다. 익숙하지 않거나, 경계하거나, 잘 모르거나, 긴장했기 때문이리라. 그런데 그 작은 공간에 들어서면 나도 모르게 입꼬리가 바짝 올라가고 한없이 마음이 열리면서 내 에너지 역시 하트로 물결쳤다. 그 짧은 시간에 친구가 된 바리스타를 나는 두 팔 활짝 펴 오래오래 안고, 따스한 볼에 키스를 했다.

"안녕, 오늘 기분은 어때?"

질 좋은 커피와 오가닉 와인을 저렴하게 팔고 그날 구운 건강한 빵을 정성껏 손님에게 내주는 카페. 두어 잔 마시고 남은 와인 병을 바리스타에게 건네면 내 이름을 크게 써넣고는 내일 다시 와서 마시라던 카페.

그는, 그들은, 떠나는 마지막 날까지 내 마음을 붙잡았다. 언젠가 그들을 만나기 위해 푸에르토 이과수에 다시 올지도 모르겠다는 생각을 했다. 오로지 그들을 만나기 위해서. 때로는 작은 마을에 있는 카페가 한 여행자에게 지구 반 바퀴를 돌아서라도 다시 오고 싶다는 마음을 가지게 한다.

우리를 행복하게 하는
아사도

비가 많이 내리던 날, 우리는 문득 창가에 앉아 오래오래 와인을 마시고 싶었다. 우산이 없어 숙소 친구가 내민 큰 봉지를 뒤집어쓰고 길을 나섰다. 며칠 전 현지인으로 북적이는 음식점을 눈여겨 봐 둔 터였다. 드디어 도착한 이과수 작은 마을의 소박한 고깃집. 안은 추웠지만 중년의 웨이터 아저씨가 따뜻하게 맞아주니 금세 온기가 감돌았다. 우루과이에서 왔다는 그분 덕분에 와인과 관련된 에스파뇰 단어 몇 개를 배웠고, 맛있는 아사도도 주문했다. 자리에 앉아 음식을 기다리는데, 치맛단을 타고 빗물이 똑똑 떨어져 내렸다. 나는 와인을 한 모금 마시고 말했다.

"우리 이렇게 행복해도 될까?"

브라질과 달리 여행자에게 안정적인 물가를 제공하는 아르헨티나에서 우리는 많은 이야기를 나누며 식사를 했다. 오랫동안 천천히 아주 느리게 시간이 멈춘 것처럼 흘러갔다.

이과수에서
부에노스아이레스로!

즐겨 찾던 카페가 쉬는 날, 이과수를 떠나 부에노스아이레스로 향했다. 22시간 버스를 타고 이동하기. 하지만 문제없었다. 우리 몸은 이미 여행의 군대라 할 수 있는 인도에 길들여져 있었으니. 게다가 아르헨티나의 버스시스템은 무척 훌륭했다.

버스에 올라 승무원이 제공하는 식사를 마친 뒤 곤한 잠을 자고 일어나니 아침이었다. 부에노스아이레스에서 맞이하는 첫날! 우리는 당분간 탱고의 본고장 부에노스아이레스에 머무르기로 했다.

부에노스아이레스에서 방 구하기

달력을 보며 언제 한국을 떠나왔는지 세어보았다. 여전히 바람은 차가웠지만 양지바른 곳에 앉아있으면 따뜻한 볕을 쬘 수 있던 때. 그래, 한참 유채가 피어오르던 4월이었다. 이따금씩 지인들이 한국날씨를 알려왔다. 요즘은 부쩍 너무 더워졌다고 했다. 하지만 그대들이 더워질수록 나는 추워진다. 여긴 지구 반대편이니까.

어느새 6월이었다. 부에노스아이레스 한인민박 삼촌네에서 3일을 머무르며 참 잘 먹고 잘 쉬었다. 손맛 넘치는 할머니가 시골밥집처럼 국과 밥, 반찬을 해주셨다. 여행하는 내내 소박하고 정갈한 한국 밥이 그리웠다. 사람들은 오래 여행을 다닌 내가 언제 어디서나 무엇이든 잘 먹는 입맛을 가진 줄 안다. 하지만 나는 여행자로서 적합하지 못한 입맛을 가졌다. 국물이 있거나 칼칼한 한식을 좋아해서 여행을 나오

면 입맛에 맞지 않는 음식 때문에 체중이 10킬로그램씩 빠지곤 했다.

"여행 나와서 우리가 먹은 닭만 수십 마리 될 것 같아. 툭 하면 음식에 만만한 치킨이 들어있어. 라라가 차려주는 밥상은 김치, 청국장, 채소 위주에 생선이 몇 번 올라오는 정도였는데… 아, 라라가 해주는 밥 먹고 싶다!"

한 달 동안 머물 현지인 집을 알아보던 차에, 마침 에어비앤비로 눈여겨 봐두었던 곳에서 연락이 왔다. 찾아간 곳은 백 년 된 고풍스러운 아파트로 남매가 주인이었는데, 이들은 여행자에게 방을 빌려주며 집을 관리하고 있었다. 높은 천장과 반짝이는 샹들리에, 한눈에 봐도 오래된 가구와 빛바랜 벽지, 가끔씩 삐걱거리는 나무바닥, 천장에 닿을 듯한 커다란 방문, 빛이 가득한 부엌, 손때 묻은 문고리와 열쇠까지…. 세월이 녹아있는 모든 것들이 우리의 눈길을 사로잡았다.

우리는 그 흥미진진한 공간에서 한 달 동안 지내는 조건으로 우리 돈 33만 원 정도를 지불했다. 그토록 오고 싶었던 지구 반대편의 도시 부에노스아이레스. 이곳에서 과연 어떤 일들이 우리를 찾아올지 벌써 가슴이 두근거렸다.

그것이 탱고

"오늘은 어땠어?"

"여전해. 앞에 선 사람 발을 몇 번이나 밟았는지 몰라."

"책에서 보니 그게 탱고라더군.

열심히 배워봐.

네가 그렇게 하고 싶어 했던 일이잖아."

떨리는
탱고 수업

항구도시 이민자들의 음악과 춤이라는 '탱고' 혹은 '땅고'. 아르헨티나에서 그들이 추는 탱고를 직접 보고 배우고 싶다는 막연한 생각을 오랫동안 품어왔다. 부에노스아이레스에 머무는 이유는 어쩌면 탱고 하나인지도 몰랐다.

밀롱가에는 자유로이 탱고를 출 수 있는 장소가 있었다. 주말에는 산텔모에서 거리의 댄서를 구경하기도 했다. 엇갈린 발 사이로 아련히 흐르는 시간. 닿을 듯 닿지 않는 공간에 존재하는 뜨거운 에너지. 서로의 시선이 맞닿은 순간 터져나오는 진지한 호흡…. 순간 눈물이 흘렀다. 탱고는 어딘가 남녀의 사랑과 닮아있었다.

내가 탱고 수업을 받는 날이면 J는 탱고 아카데미 근처에 있는 백년 된 카페에 앉아 에스프레소를 마시며 스케치 작업을 하곤 했다. 한 달간 탱고를 배우며 머물, 오직 탱고를 위한 부에노스아이레스. 나의 탱고 열기는 당분간 계속 될 것이다.

작정하고
싸우다

한국을 떠나오고 여행을 다니며 우리의 감정은 얇게 저며진 레몬처럼 아슬아슬하고 위태로웠다. 그렇게 기다렸던 이 여행을, 많은 것을 포기하고 선택한 이 여행을, J는 제대로 만끽하지 못한 채 흘려보내고 있었다. 여행 전에는 여행갈 날만 손꼽아 기다리며 힘든 직장생활을 버텨낸 그였다. 한데 여행을 와서는 돌아가서 살아야 할 날에 대해 걱정하고 또 걱정했다. 아직 오지 않은 미래를 걱정하며 현재를 낭비하는 그. J는 깊은 한숨을 쉬었다. 시어머니에게 안부전화가 걸려온 날에는 한숨이 더 깊어졌다.

탱고 스쿨을 마치고 와인 한 병과 치즈를 사서 집에 돌아온 금요일 밤. 와인을 마시기도 전에 티격태격 싸우기 시작했다.

"당신은 도대체 어디에서 살고 있는 거야? 다가오지도 않은 미래를 제발 그만 좀 걱정해!"

"어떻게 마음이 편할 수 있겠어? 내 나이는 중요한 시점이라고!"

"누가 그걸 몰라? 누가 들으면 나는 마음 편한 미친년인 줄 알겠군!"

"부모님은 빨리 들어오길 바라지, 내 나이에 건축을 포기하고 여행이나 다니고 있지, 이게 제대로 된 일이라고 생각해?"

"너도 세상 사람들이랑 똑같아! 애초에 우리가 많은 걸 버리고 선택한 결혼이, 한국의 제도와 맞서는 게 그럼 아주 쉬운 줄 알았어? 직장

에 다닐 때는 그렇게 여행만 기다리며 이를 갈더니, 이제는 돌아가 살 걱정이야? 도대체 지금 당신은 어디에 있는 거야?"

J는 돌아서더니 테이블에 놓여 있던 와인병을 바닥에 내동댕이쳤다. 붉은 레드와인이 마룻바닥과 카펫을 적셨다. 순간 우리 사이에는 저녁 7시 45분의 먼지들이 5촉짜리 전구 밑으로 짙게 흩어졌다.

"지금 뭐 하는 거야?"

"모든 게 화가 나! 모두 다 너 때문이야! 네가 내 인생을 엉망으로 만들었어!"

있는 대로 소리를 지르다가 뛰쳐나간 J는 함께 지내는 친구들과 밤새 맥주를 마시고 들어와서는 코를 골며 잤다. 나는 화가 나서 잠을 이룰 수 없었다. 어두운 방 안에서 깨진 와인병을 물끄러미 바라보고 있자니 창가로 스며든 달빛 속 유리조각들이 산산이 부서진 내 마음처럼 느껴졌다.

내가 잘못한 걸까? 내가 그를 엉망으로 만들었다니. 우리가 이런 선택을 하고 여행을 하는 건 무모한 일인 걸까? 비싼 웨딩앨범을 남기고, 몇 캐럿의 다이아몬드 반지를 끼고 근사한 곳으로 며칠 간의 신혼여행을 다녀왔어야 했던 걸까? 우리는 이 모든 것이 너무나 불필요한 소비라고 생각했는데, 그저 조금 더 의미 있는 결혼이 되길 바랐던 것뿐인데. 이제 와서 모든 게 나 때문이라니. 문득 모든 것이 서러워 눈물이 났다.

아침에 되었을 때 내 눈은 통통 부어있었다. J가 돌아누운 나에게 말했다.

"내가 미안해. 부모님 전화를 받으면 자꾸 마음이 불안해지나 봐."

"……."

"네 말이 맞아. 나는 늘 일어나지도 않은 미래에 살고 있어. 두고 온 것들에 대한 미련이 여행 내내 나를 놓아주질 않아. 난 대체 왜 이럴까? 그러지 말자고 하면서 충동적으로 네 가슴에 못 박는 말을 하는 내 자신이 부끄러워져. 그렇게 원하던 시간이 왔는데도 이렇게 바보처럼 이제는 또 다른 미래를 걱정하다니. 내가 선택했고 우리가 함께 만든 길인데… 미안해. 라라, 정말 내가 미안하다. 생각해보면 너한테 제대로 해준 것도 없는데…."

그는 내 어깨를 한 번 안아주고 바닥의 유리조각을 줍기 시작했다. 그날 아침 J는 직접 지은 따뜻한 쌀밥에 계란 프라이를 얹은 햄과 야채볶음으로 식탁을 차렸다. 여행을 떠나온 이후 그가 처음으로 만든 아침밥이었다. 퉁퉁 부은 눈으로 흰 쌀밥을 뜨며 말했다.

"다시는 그러지마. 가는 시간이 너무 아깝잖아. 이건 우리가 선택한 인생이야. 부디 이 시간을 즐겨. 그러면 다가올 미래도 잘 할 수 있을 거야."

진귀한 것들의 유혹
산텔모의 벼룩시장

햇빛이 눈부시게 쏟아지는 일요일, 큰 벼룩시장이 열리는 산텔모 지역에 갔다. 데펜사 거리에서 도레고 광장까지 끝도 없이 이어진 시장은 꽤나 길었다. 한시도 눈을 뗄 수 없는 다양한 물건들, 노래하는 젊은이들, 물건을 사지 않아도 웃으며 말을 걸어주는 사람들…. 일요일이면 모든 것들이 넘치도록 아름답고 이국적으로 변하는 산텔모 거리는 햇빛처럼 눈부셨다.

당신의 버킷리스트, 스카이다이빙

"스카이다이빙을 하고 싶어! 내 버킷리스트에 있는 것 중 하나야!"

아르헨티나에서 J가 그토록 원하던 스카이다이빙을 하게 됐다. 맑고 화창한 날을 기다렸다가 홈페이지를 통해 예약 이메일을 보내고 픽업장소인 마요 거리로 나갔다. 한 시간 반 정도 부에노스아이레스 외곽을 달려 도착한 비행장에는 쌀쌀한 초겨울 바람이 불었다. J는 위험을 감수하는 모든 책임은 본인에게 있다는 서약서에 서명한 뒤 사람들과 함께 경비행기에 탑승했다.

끝없이 올라가는 경비행기. 아무렇지 않다가 갑자기 비행기 문이 열리고 '쉑쉑' 큰 소리를 내는 바람이 쏟아져 들어왔다고… J는 순간 정신이 멍해졌더란다. 그리고 3초 후, 바로 하강! 착륙지점으로 날아 내려오는 그를 보면서 나는 힘껏 박수를 쳐주었다.

부에노스아이레스에 와서 우리는 각자 하고 싶은 것들을 목록으로 만들었다. 그리고 이루어 낼 때마다 목록을 하나씩 지워나갔다. 목록 위로 선을 긋는 순간은 참으로 짜릿하고 더없이 행복했다.

아르헨티나의 하늘을 푸르게 날아 오른 당신. 그래, 더 높이 날아 오르라!

여행자의
밥상

　여행을 다닐 때는 서양 친구들이 매직파우더라고 칭찬을 마다않는 다시다, 고춧가루, 고추장, 간장만 있으면 언제든 제법 훌륭한 요리를 해 먹을 수 있다. 지금 우리 배낭 안에는 다시다와 고추장뿐이지만. 인도 여행 중에 만났던 K와 C의 배낭 속 내용물은 이보다 훨씬 화려했다. 고춧가루와 고추장은 물론이고 마른 미역, 육포, 라면 한 상자, 라면스프, 냉면, 소면, 반찬용 건어물, 심지어 국물용 멸치 한 박스까지 들어있었다. 옷은 티셔츠 두 벌, 반바지 한 벌뿐이었는데 말이다.
　정말 대단한 한국인이야.
　나 역시 가끔 오지에서도 각종 김치를 담그고, 무 대신 쉽게 구할 수 있는 감자를 냄비 바닥에 깐 칼칼한 생선조림을 만든다. 하지만 남미에 오니 고춧가루나 후춧가루 같은 향신료를 구하기가 쉽지 않았다. 예상과 다른 상황 탓에 남미에서는 2퍼센트 부족한 밥상을 차리고 있었다. 그나마 이곳에서는 한인민박집 '삼촌네'가 멀지 않아 할머니가 담그신 김치를 조금씩 사다 먹을 수 있지만, 곧 부에노스아이레스를 떠나면 이 호사도 끝날 터.
　하지만 괜찮다. 간혹 운이 좋으면 동네 채소가게에서 숙주를 구할 수 있으니까. 나물을 무치거나 소고기를 넣고 볶아 밥 위에 얹으면 숙주 하나만으로도 근사한 한 끼 식사를 차릴 수 있다. 거기에 아르헨티나 말벡 와인을 곁들면 더할 나위 없이 멋진 여행자의 식사가 완성!

여행에서 더욱 간절해지는

먹고사는 일을 위해 하루를 바라보기

여행을 떠나오면 더욱 가슴에 와 닿는 것

여행에 있어 그저 간결해지는 단순한 삶

　언제나 J는 내가 요리할 때 제일 든든하고 행복하다고 말한다. 오지에서도 절대로 굶어 죽지 않을 불굴의 요리정신을 지닌 여행자라나. 장기여행 중에는 언제나 한국의 맛이 그리운 법. 쌀을 씻어서 밥을 짓고 햄을 넣은 김치찌개를 끓이고 누룽지를 만들어 숭늉까지 한잔 딱 마셔주면 하루가 배부르다.

　보관할 여분의 통도 없고 별다른 양념도 없으니 언제나 꼭 한 끼를 위한 밥상을 차린다. 간소한 밥상은 언제나 좋다. 꼭 필요한 만큼의 음식만 만들면 맛도 더 좋고 담겨 있던 음식들을 싹싹 다 먹고 텅 빈 그릇들을 보는 것도 제법 흐뭇하다. 그러고 보면 이 시대를 살아가는 우리는 무엇이든 너무 많이 차리고 너무 많이 먹고 너무 많이 버린다.

　오늘 우리는 소박하지만 든든한 여행자의 밥상을 마주하고 앉아, 이를 드러내며 활짝 웃었다.

갑자기 떠난
우루과이 여행

감기 기운이 으슬으슬 올라왔다. 탱고 수업을 하루 쉬기로 마음먹었는데, 같은 집에 머무는 친구들이 방으로 찾아왔다. 오늘 저녁 배로 우루과이에 가자는 것이었다. 부랴부랴 배낭에 옷가지와 침낭을 챙겨서 길을 나섰다. 콜롬비아 친구 디아나, 브라질 친구 빅토르, 그의 브라질 친구 캐롤, 독일인 다위, 그리고 우리 두 명까지 총 여섯 명은 다 함께 택시를 나눠 타고 콜로니아 익스프레스 티켓을 끊으러 터미널로 갔다.

부에노스아이레스에서 배를 타고 국경을 넘어 우루과이의 유네스코 지정 마을 콜로니아로 향했다. 그곳에서 다시 버스를 갈아타야 우루과이 수도인 몬테비데오에 도착했다. 하지만 우리는 도시를 별로 좋아하지 않아 우루과이 수도만 보고 싶지는 않았다. 그래서 전부터 꼭 가보고 싶었던 청정 지역, 카보 폴로니오에 들르기로 했다.

계획을 들은 친구들도 너무나 가고 싶어 했지만 그럴 수 없어 무척 아쉬워했다. 우리를 제외한 나머지 네 명은 미리 숙박과 배표를 예약해둔 터였다. 당연히 모든 가격이 우리보다 훨씬 저렴했지만 마음대로 취소도 할 수 없는 상황이었다.

이렇듯 여행에 있어 왕복티켓과 예약은 때로 족쇄가 되기도 한다. 어쩌면 큰 그림만 그려두고 여행을 다니는 우리는 늘 자유롭다. 우리는 우루과이의 수도 몬테비데오에서 그들과 하루만 함께 지내고, 다음 날 바로 카보 폴로니오로 떠나기로 했다.

우리는 시간이 많이 흘러 자정이 넘은 시간에 우루과이에 도착했다. 우루과이는 아르헨티나보다 깨끗하고 뭔가 정돈되어 있고, 안전하단 느낌이 들었다. 늦은 시간이었지만 이대로 아까운 시간을 보내기 아쉬워 다 함께 거리로 나가 우루과이의 불타는 금요일 밤을 즐겼다. 세계 어디나 금요일은 그야말로 '불금'인 듯 했다. 많은 사람들이 펍의 야외테이블에서 맥주를 마시고 클럽에서 살사를 췄다. 뜨끈한 어묵 국물 한 모금 마실 수 있다면 만세라도 부르고 싶은 쌀쌀한 날씨였는데 말이다.

레게머리를 길게 늘어뜨린 디아나는 거리에서 마리화나 냄새가 난다고 좋아했다. 콜롬비아에서 온 그녀는 타투 공부를 하고 있었다. 인도에 무척 가고 싶어 했지만 콜롬비아에서 인도까지 너무 비싼 항공료 때문에 여전히 꿈만 꾼다는 말을 종종 했다.

인도에 가보지 않은 그녀였지만 옷과 스카프와 신발과 노트 등은 인도산이 많았다. 그녀는 시바 형상의 목걸이를 했고 힌디어의 스카프를 둘렀으며 가네샤 문양의 반지를 끼고 다녔다. 가보지 못한 인도를 동경하며, 그림그리기와 글쓰기를 좋아하고, 내가 좋아하는 색감의 옷을 가진 그녀가 나는 좋았다. 그녀는 내 다이어리에 빽빽이 적힌 한글을 보며 신기한 듯 글자를 어루만졌고 감탄해 마지않았다.

"정말 특이하고 아름다운 글자야!"

걸걸한 목소리로 유쾌하게 말하는 그녀는 늘 온 마음을 다해 상대

방과 대화하고 두 눈을 반짝이며 타인의 이야기에 귀 기울였다. 그녀에게선 언제나 경쾌한 에너지가 느껴졌다.

낯선 곳이 낯설지 않게 느껴지는 건 서로 잘 아는 우리가 모두 함께 있어서일 것이다.

밤이 깊어 가는데 우루과이 콜로니아에서 몬테비데오로 가는 버스를 탔을 때의 감정이 좀처럼 잊히지 않는다. 아니, 시간이 갈수록 오히려 또렷해졌다. 버스 안은 공기가 매우 포근했다. 발밑으로 불어오는 히터의 따뜻한 바람 덕분에 잠이 쏟아졌다. 창밖에는 크고 반짝이는 별들이 셀 수 없이 많았다. 어둠 속에 모습을 감춘 풍경 탓에 우루과이 어디쯤을 지나고 있는지 알 수 없었지만 이렇게나 많은 별들이 우리 곁에 있다는 것만으로도 위안이 되었다.

당신의 추천으로 방문한 곳, 라 뻬데리라

우루과이에 간다면 관광객이 북적이는 도시보다 조용하고 고즈넉한 마을에 머물고 싶었다. 내 이야기를 듣더니 방콕에서 만난 아르헨티나 친구 펠라페는 두 도시의 이름을 수첩에 적어 주었다.

- La Pedrera, Cabo Polonio

전기가 안 들어오고 인터넷도 쓸 수 없으며 물도 아껴서 사용해야 하는 곳. 밤이 찾아오면 초를 켜서 어두운 밤길을 밝히는 곳. 문득 모든 것을 내려놓고 히피들이 장기체류를 한다는 곳. 우리는 그곳에 꼭 가보고 싶었다.

이른 아침, 디아나를 살짝 깨워 인사를 하고 길을 나섰다. 거리는 어젯밤과는 또 다른 모습이었다. 건물 사이로는 바다가 보였고 사람들은 분주히 아침을 준비하고 있었다. 버스터미널로 가기 위해 택시에 올랐다. 특이하게도 운전석이 탄탄한 투명부스로 가로막혀 있었고 돈은 작은 구멍으로 건넸다. 중국 심천에서는 운전자와 승객 사이가 창

살로 나뉘어있었는데 아예 막아버리니 차라리 마음이 편했다.

몬테비데오에서 라 빼데리라까지는 3시간 정도 걸렸는데 버스에 동양인은 우리 둘 뿐이었다. 부에노스아이레스의 도시생활이 길었던 것일까? 창밖으로 보이는 넓은 초원이 마음을 따뜻하게 했다. 자연은 언제나 있는 그대로의 모습으로 사람의 마음을 평화롭게 해준다.

히치하이킹으로 도착한 카보 폴로니오

해변을 따라 걷고, 도로로 나와 다시 걷고, 몇 번의 히치하이킹을 거듭한 끝에 영어가 유창한 우루과이 현지인을 만났다. 자산관리사인 50대 후반의 부부는 일을 할 때 영어를 사용한다고 했다. 그들은 배낭을 메고 있는 우리를 꽤나 흥미롭게 생각했다. 부부는 아시아 지역 중 인도, 일본, 태국, 인도네시아를 가봤는데 인도를 너무 사랑한다고 했다. 한눈에 그녀가 어깨에 걸친 숄이 인도산임을 알 수 있었다.

우루과이에 대한 여러 이야기를 들으며 한적한 도로를 달려 카보 폴로니오로 가는 사륜구동 트럭을 타는 곳에 도착했다. 그들은 에스파뇰을 잘하지 못하는 우리를 위해 티켓구매를 도와주었고, 카보 폴로니오에서 나올 때 필요한 배차시간도 상세히 알려주었다. 며칠 후 카보 폴로니오에서 가까운 그들의 별장에 와서 지내도 괜찮다는 말과 함께.

카보 폴로니오는 청정 지역으로 여행자들이 그곳으로 들어갈 땐 반드시 바퀴가 두터운 사륜구동 트럭을 타고 가야 했다. 왕복티켓의 가격은 170페소였는데 유효기간이 1년으로 제법 길어서 부담은 없다. 해마다 동쪽에서 불어와 거대한 모래언덕을 형성한 사구와 해변에서 휴식을 취하는 바다사자, 인적이 드문 마을을 걷는 일, 풍력 발전기와 태양열을 사용해 인터넷은 고사하고 전기 사용도 함부로 할 수 없는 곳. 물 또한 귀한 이곳에서 여행자는 모든 것들을 존중하고 아껴주어야 한다.

하늘이 노을에 물들기 시작할 무렵 오른 트럭에는 우리 둘뿐이었다. 길을 보니 왜 이 사륜구동차를 타야하는지 이해가 됐다. 온통 울퉁불퉁한 모랫길이었던 것이다. 마을로 들어서자 운전수가 호스텔 하나를 가리켰다. 5촉짜리 전구가 반짝이는 호스텔로 배낭을 메고 들어서니 낮에 몬테비데오에서 봤던 여행자들 대부분이 여기에 앉아있는 것이 아닌가! 사람들과 반갑게 인사를 나누고 침대가 딱 두 개 남았다는 4인실 도미토리에 들어갔다. 도미토리에는 스페인과 터키여행자가 있었다.

호스텔은 작고 아담했다. 전기가 들어오지 않아 여행자들은 테이블마다 촛불을 켜고 와인과 위스키를 마시거나 기타와 우크렐레를 연주했다. 스피커에선 밥말리의 레게음악이 흘러나왔다. 어두운 밖을 떠올리니 마치 작은 행성에 머물고 있는 것만 같은 기분이 들었다. 작은 행성을 가득 채운 너무나 다정한 사람들의 말, 말, 말소리들.

왠지
이곳이 좋아

겨울의 카보 폴로니오는 한적했다. 몇 안 되는 호스텔도 상점도 음식점도 거의 문을 닫은 상태였다. 이곳을 아는 현지인들이나 소수의 여행자들만 간간이 찾아올 뿐이었다.

4인실 도미토리 2층침대에서 점퍼를 단단히 껴입은 채로 가지고 온 침낭을 머리까지 뒤집어쓰고 그 위로 담요를 덮은 채 잠을 청했다. 침대 옆으로는 작은 창문이 나있었는데 그 너머로 밤새 알 수 없는 울음소리와 파도소리가 뒤엉켜 검은 밤을 울리고 있었다. 저 소리의 진원지는 뭘까? 혹시 그 '바다사자'란 놈일까?

도미토리의 비좁은 공간, 누군가는 코를 골았고 나는 뒤척였다. 그러다 문득 창을 가린 두터운 커튼을 열었다. 아아, 그곳에는 엄지손톱만한 초승달과 작은 별들이 반짝이고 있었다. 달빛과 수많은 별빛에 검은 밤이 두렵지 않았다. 파도소리는 어디선가 세차게 울려 퍼졌고, 검은 밤은 반짝이는 별들로 꽤나 다정해보였다. 그 기운과 느낌을 기억해 두려고 몸을 웅크린 채로 오랫동안 창밖의 밤하늘을 보며 잠들지 않으려 애썼다.

"왠지 이곳이 좋아, 다시 오게 될 듯해."

모래언덕과 바다사장, 등대에 올라가 바라보는
카보 폴로니오의 풍경

방콕에서 만난 아르헨티나 친구가
알려준 카보 폴로니오
그래, 여갈 오길 정말 잘했어
고마워!

바다사자가 살고
모래언덕이 있는 곳

이른 아침, 아직은 모두가 단잠에 빠진 시간. 어서 빨리 밖으로 나가고 싶었던 나는 자고 있는 J를 흔들어 깨웠다. 우리는 밖으로 나와 어둠 속에서 어렴풋이 보았던 마을을 걸었다. 최소한의 것으로만 사는 사람들의 터전에 해가 막 떠오르려 하고 있었다. 바람이 머리를 헝클어 놓고 머플러를 푸르기를 여러 번. 그러다 문득 붉은 바위 위에서 쉬고 있는 바다사자가 시야에 들어왔다. 그것도 엄청나게 많은 바다사자들이!

"난 이걸로도 충분한 것 같아."

그만 숙소로 돌아가자는 J에게 말했다. 이번 여행에서 '세상의 끝'이라는 아르헨티나의 우수아이아에 가지 못했지만 괜찮았다. 대신 이곳에 오게 되었으니 후회하지 않았다.

때로는 존재 자체만으로 마음에 위로가 되는 것들이 있다. 한 송이 들꽃이, 한마디의 말이, 뜨끈한 국밥 한 그릇이 무엇보다 힘이 되는 순간이 있다. 바위 위에 누워 한가롭게 쉬고 있는 바다사자들. 그들이 이 순간 여기에 있다는 사실만으로도 고마웠다.

그리고 마침내 바람으로 운반된 모래가 쌓여 만들어진 언덕 '사구'로 향했다. 비록 사막은 아니지만 모래를 좋아하는 내게 사구는 충분히 매력적인 장소다. 마을에서 2시간 정도 걸어가니 멋진 모래언덕이 눈앞에 펼쳐졌다. 절로 고개가 끄덕여졌다.

하루가 지나
사막에서 찾아낸 휴대폰

어제 하루를 묘하게 보내고, 늦은 밤이 되어 숙소에서도 묘하고 이상한 감정에 휩싸이면서 꿈을 꾸는 것처럼 어두운 밤이 지나갔다. 전기 사용량이 충분치 않아 밤이 되면 더욱 어두워지는 마을에는 이따금 손전등을 들고 오가는 사람들과 그 뒤를 쫓아다니는 영리하고 착한 개가 있다. 밤이 되면 낮보다 더 세차게 들리는 파도소리와 바람소리는 문을 여는 순간 다른 기분을 느끼게 한다. 안과 밖의 다른 에너지.

여길 떠나면 이곳을 얼마나 그리워하게 될지 잘 알고 있었다. 술을 마시지 않아도 마을은 무언가 취해 있는 듯했다. 그러다 문득, J에게 물었다.

"그런데 당신 휴대폰 어디 있어?"

그랬다. 휴대폰이 사라졌다. 그 늦은 밤, 나는 왜 뜬금없이 휴대폰의 행방을 물었을까? 숙소 침대를 찾아보고 낮에 다녀온 루이스의 집에도 다시 가보았지만 허사였다. J는 자포자기 상태로 미련을 버렸지만 나는 휴대폰을 찾을 궁리를 하느라 밤잠을 설쳤다.

다음 날 아침, 가방에 웨딩촬영 때 입을 옷가지들을 넣어서 무작정 어제의 발자국을 따라가 보기로 했다. 왠지 모래언덕에 휴대폰이 있을 거라는 확신이 들었기 때문이다. 어제 걸었던 기억 속 모든 길들을 더듬어, 그 길고 긴 길을 다시 걷기 시작했다.

하늘은 어제보다 파랗고 날씨도 좋았는데, 이른 아침이라 새벽공기가 내려앉은 모래는 제법 축축했다. 다행히 심한 바람이 불지 않아 사

막의 모래는 그대로였고 얼마 지나지 않아 우리의 것으로 추정되는 발자국들을 발견했다. 명탐정 홈즈가 된 듯 그 발자국에 신고 온 신발을 몇 번이나 찍어봤다. 그리고 100퍼센트 일치! 그렇게 어제의 발자국을 따라 언덕을 넘고, 다시 내려가고, 걷고 또 걸었다. 다른 누군가의 발자국에 밟혀 지워진 곳도 있었고 바람에 쓸려 사라진 곳도 있었다. 얼마나 걸었을까, 중간 언덕쯤에서 웨딩촬영을 끝내고 다시 걸음을 옮기는데 어제 점프하며 사진 찍던 때가 떠올랐다. 그곳이 아닐까? 그때 주머니에서 빠진 건 아닐까?

우리는 점프를 했던 곳으로 추정되는 언덕 쪽으로 서둘러 걸음을 옮겼다. 바다를 보며 잠시 쉬다 걷기를 몇 번, 빛에 반짝이는 물건이 우리의 눈을 사로잡았다. 바로 그곳에, 우리의 수많은 발자국 사이로 J의 휴대폰이 살포시 놓여있는 게 아닌가! 순간 너무 반갑고 또 재미있어서 서로를 보며 한참을 웃었다. 이 먼 우루과이 카보 폴로니오의 사막에서 하룻밤을 보낸 휴대폰. 너는 얼마나 많은 바람과 모래와 별을 보았니?

기분 좋게 숙소로 돌아와 소식을 전하니 "미라클"이라며 다들 놀라워했다. 어제 모래언덕에서 잃어버리고는 다음 날 발자국을 따라가서 되찾다니, 그래 정말 기적이었다. 그러고 보면 우리가 살아가는 모든 순간이 기적일지도 모른다. 저 언덕 위에서 긴 밤을 지내고 우리를 다시 만난 휴대폰처럼, 지구 곳곳의 인연들은 어딘가에서 우리를 만나기 위해 길고 어두운 시간을 견뎌내고 있을 지도 모른다. 두 번 생각해도 오늘 일은 기적일세!

마법처럼,
카보 폴로니오

다시 떠나는 날, 들어올 때처럼 사륜구동 트럭을 타고 울퉁불퉁한 모래 위를 달려 마을 밖으로 나갔다. 다시 버스를 타고 몬테비데오에 도착해 배로 갈아타 올 때처럼 부에노스아이레스로 들어갔다. 꼬박 하루가 걸려 다음 날 아침에 도착한 아르헨티나에는 스산한 추위가 몰려왔다. 벌써 카보 폴로니오에서 만난 우루과이 친구 호세와 우리를 열심히 따라 다녔던 검은 개, 찰리가 그리워 자꾸만 눈에 밟혔다.

숙소로 돌아와 밀린 빨래를 하고 커피를 한잔 마시고 있자니 며칠 간 머나먼 꿈을 꾸고 온 것만 같았다. 달콤한 향기로 가득한 예쁜 초콜릿상자처럼 그곳의 모든 기억이 아련한 마법의 시간처럼 느껴졌다. 사막에서 잃어버린 휴대폰을 찾았던 것처럼, 어쩌면 그곳에는 정말 마법이 존재하는 것이 아닐까. 밤마다 사람들이 빗자루를 타고 다니고, 개는 춤을 추고 고양이는 하늘을 날고, 바다사자는 두발로 땅을 걷지 않을까?

마법 같은 기운을 전해준 카보 폴로니오. 이 새로운 땅에 다녀오길 정말 잘했다. 아직도 가슴이 뛰는 것을 보면 분명 그래!

"안녕, 우리 꼭 다시 만나요!"

우루과이, 카보 폴로니오

굿바이!
부에노스아이레스!

다시 돌아온 100년 된 아파트. 이곳에서 지낸 한 달 동안 다양한 나라에서 온 친구들을 만났다. 심하게 놀고 즐기는 괴짜들이었지만 우리는 함께 꽤나 다정하고 즐거운 시간을 보냈다. 아침, 저녁 마주칠 때마다 볼 뽀뽀를 하며 남미식 인사를 나누었고, 각자의 나라를 응원하며 월드컵을 봤고, 종종 신나는 불금을 즐겼고, 피자나 중국요리 또는 맥주 등 배달음식도 시켜 먹었다.

그 사이 누군가는 연인과 이별했고, 누군가는 복잡한 연애에 얽혀 괴로워하기도 했고, 누군가는 일 때문에 스트레스를 받았고, 누군가는 이제 막 새 일을 찾아 출근을 했으며, 누군가는 다른 곳으로 떠났다.

＊＊

한 달 동안 탱고 수업을 들었지만 나는 여전히 남의 발을 밟으며 불안정한 춤을 췄고, 부에노스아이레스의 구석구석을 걷고 버스를 타며 관찰했다. 탱고 스쿨 옆 100년 된 카페의 커피맛은 부드러웠고, 그 옛날 극작가, 화가, 철학자, 작가들이 모여 많은 이야기를 나눴다는 그곳의 오래된 에너지를 상상하는 것도 좋았다.

* * *

다시 배낭을 메고 떠날 시간이 다가왔다. 한 달은 여행자에게 길고도 짧은 시간이지만 다시 떠날 생각을 하니 마치 새로운 여행길을 가는 듯 설레기도 했다. 어쩌면 너무 오래 머물렀던 것인지도 모른다. 하지만 언제나 그랬듯이 시간이 흐르면 다시 찾아가고 싶은 마음이 드는 건, 그 익숙함을 기억하는 시간들이 추억 속에 존재하고 있기 때문일 것이다. 시간은 흐른다. 내가 변해가듯 어딘가도 변해가지만 변하지 않는 것들도 분명 있다. 마치 숨바꼭질을 하듯이 말이다.

언제나 이별은 슬프다

여행길에서 만나는 사람들과는 늘 바람 같은 기약을 남기며 헤어진다. 돌아서는 뒷모습을 보는 사람의 마음에는 큰 구멍이 생긴다.

한 달 넘게 머물렀던 부에노스아이레스를 떠나오면서 그동안 정들었던 사람들과 작별인사를 했다. 떠나기 전날 밤, 친구들은 우리를 위해 빵을 굽고 와인을 사와 작은 파티를 열어주었다. 우리는 한 명 한 명과 따뜻한 인사를 나누고 그들이 건넨 손편지와 그림을 받았다. 모두들 애써 웃고 있었지만 두 눈에는 눈물이 그렁그렁 맺혀 있었다.

떠나는 날 삼촌네 민박 할머니께서 버스 안에서 먹으라며 내가 좋

아하는 청양고추를 송송 썰어 넣은 볶음김치와 충무김밥을 많이도 싸 주셨다. 헤어지는 순간, 눈물이 핑 돌았다.

헤어질 때 세련된 사람이 되고 싶다. 아무렇지 않은 듯 보이는 시니컬한 눈빛. 그러나 그렇게 헤어질 수는 없겠지. 이미 우리에게는 너무나 많은 일들이 주마등처럼 스쳐갔으니까.

"고마워요, 할머니. 우리 언젠가 다시 볼 수 있겠죠?"

왠지 당황스러운
살타

부에노스아이레스에서 오후 2시 30분에 출발한 버스는 다음 날 1시 쯤 살타에 도착했다. 장장 23시간의 대장정이었다.

살타를 도착해 받은 첫 느낌은 '어? 이게 아닌데'였다. 살타는 그저 작은 도시일 뿐이었다. 이상하게도 나는 이곳에서 인도의 델리를 떠올렸다. 지저분하고, 소음과 탁한 공기로 숨이 막히는 곳. 당황스러웠다. 살타에서 하루만 자고 다른 곳으로 떠나기로 결정한 순간, 우리 눈에 여행사에 붙은 한 장의 사진이 들어왔다. 다름 아닌 살타 주변의 아름다운 풍광이었다. 그것은 여행자들이 살타에 오래 머무는 이유이기도 했다.

우리는 몇 군데 여행사를 알아봤지만 너무 비싸거나 상업적이었다. 결국 우리는 차를 직접 빌리기로 했다. 함께 차를 빌려 여행할 사람을 두어 명 더 구하기 위해 다음 날 아침 백패커 호스텔로 무작정 찾아갔다. 1층 로비에는 이제 막 도착한 여행자와 떠나는 여행자가 뒤엉켜 있었다. 우리는 그저 느낌 오는 대로 아무나 붙잡고 말을 걸었다.

"안녕? 잠깐 얘기 좀 할 수 있어? 내일 살타 외곽을 돌 예정인데, 괜찮으면 우리랑 같이 차 렌트해서 저렴하게 다녀보는 거 어때?"

마침 핀란드에서 온 청년 둘과 호주 청년, 프랑스 청년이 관심을 가졌다. 하지만 프랑스 청년은 이미 900페소나 되는 투어비용을 여행사에 지불했다며 너무 늦게 찾아온 행운에 아쉬워하며 무릎을 쳤다. 결국 우리와 함께 가기로 한 사람은 호주 퍼스에서 온 제레미였다. 그는 길에서 우연히 만났다는 또 다른 호주여행자 패트릭과 함께 우리가 묵는 호스텔로 찾아왔다. 우리는 머리를 맞대고 본격적인 회의에 들어갔다. 어떤 루트로 돌까, 와이너리에 들러 와인은 꼭 마셔야지, 하룻밤을 지내기에 어디가 적당할까 등등. 어쨌거나 우리는 3~4일간 자유롭고 편안하게 다니기로 의견을 모았다.

자동차를 타고
아르헨티나 북부를 달리다

렌터카 여행을 시작하는 첫날, 호주 친구들이 약속한 시간에 맞춰 우리가 머무는 호스텔로 찾아왔다. 각자 배낭 한 개에 필요한 것들을 담고 나머지 짐은 숙소에 맡기고 떠나기로 했다. 살타의 여러 여행사를 돌아본 결과 550~1200페소까지 다양하게 차량 렌트를 할 수 있었는데 그중 우리가 찾아낸 곳은 하루 렌트비가 400페소(4만 원 가량)로 가장 저렴했을 뿐만 아니라 직원이 영어를 할 줄 알아 설명을 알아듣기 쉬웠다.

렌터카 회사직원은 자동차의 파손된 부분을 미리 알려줬고, 하나하나 확인할 수 있도록 도와주었다. 예상보다 정직하고 친절해서 뭔가 외국인이라 불리할 것이라 생각했던 우려를 씻어낼 수 있었다. 직원은 지도 몇 장을 건넸고 조심해야 할 사항들을 꼼꼼히 알려주고 돌아갔다.

아르헨티나 차량의 운전석은 우리나라와 같은 왼쪽이다. 반면 호주의 운전석은 이와 반대다. 처음 살타 시내를 벗어날 때 제레미가 운전대를 잡았는데 태어나서 처음으로 왼쪽 운전석에 앉아 운전을 해보는 제레미는 너무 긴장한 탓에 우왕좌왕했다. 결국 불안해 하던 J가 좀 더 익숙해지면 하라면서 운전대를 잡았다. 그때 안도의 한숨을 크게 쉬던 모두의 얼굴이란!

제레미는 호주 서쪽의 퍼스에 사는 스물한 살 건축과 학생으로 이제 갓 칠레에서 여행을 시작해 아르헨티나로 넘어온 초보여행자였다. 그래서 아직 머리나 옷이 단정하고 깔끔했다. 반면 패트릭은 호주 동쪽의 브리지번에 사는 스물한 살 청년으로 동물과 환경에 관련된 일을 했고, 지금은 7개월째 여행 중이라고 말했다. 그래서인지 머리와 수염은 장발이었고 몇 벌 안 되는 옷도 떠나온 시간만큼 낡고 허름해보였다.

특히 패트릭은 마테 사랑에 푹 빠져 파라과이에서 마테차와 마테컵, 보온병을 모두 구입했다. 덕분에 어디서건 패트릭이 건네주는 마테차를 마실 수 있었다. 호주의 동쪽과 서쪽 끝에 사는 제레미와 패트릭. 호주에서는 서로 한 번도 마주친 적 없는 동갑내기 청년 둘과 함께 우리의 렌터카 여행이 시작되었다.

첫날 가기로 한 곳은 후후이 부근의 툼바야, 이루자, 소금사막 등이었다. 살타 시내를 벗어나자 끝없이 이어지는 깊은 산맥이 모습을 드러냈다. 우리는 가다 서다를 반복하며 끝없이 이어지는 아르헨티나 북부의 멋진 풍광을 만끽했다.

몸이 날아갈 듯 센 바람이 불어대는 높은 산맥의 골짜기 사이사이로 열심히 올라가던 중이었다. J가 갑자기 두통과 어지러움을 호소했다. 고산병을 앓기 시작한 것이었다. 기운이 쭉 빠져버린 나머지 우리는 골짜기 아래로 다시 걸음을 돌렸다. 알고 보니 그곳은 해발 4,200미터의 고지대였다. 나 역시 이때부터 알 수 없는 편두통에 시달렸다. 북부로 올라갈수록 고산증이 심해진다더니 맞는 말이었다.

그럼에도 불구하고 지도 한 장만 들고 시작한 렌터카 여행은 꽤나 다이내믹했다. 우리는 마음 가는 곳으로 차를 달려 틸카라라는 마을에 도착했다. 마치 시리아에 와 있는 듯 뿌연 먼지 속에서 군락을 이룬 황량한 황색건물들이 왠지 좋았다. 인포메이션에서 소개해준 4인실 숙소를 인당 80페소에 예약하고 어둠이 찾아온 마을 어귀로 나갔다.

추워진 날씨 탓에 더욱 따뜻해 보이는 털스웨터와 털양말을 구경하고 저녁거리도 샀다. 저녁메뉴는 아사도와 샐러드 그리고 아르헨티나 와인. 밤늦도록 깊은 대화가 이어졌다. 여행을 시작한 계기, 돌아가서 하고 싶은 일들, 호주와 한국의 문화, 불교와 인연이라는 화두, 행복이라는 관점. 제레미와 패트릭은 어린 서양친구들이었지만 타문화를 굉장히 존중하고 이해하는 사람들이었다. 왠지 이 밤이 오래도록 마음에 남을 것 같은 느낌이 들었다.

아르헨티나에도
소금사막이 있어

살타 거리의 어느 상점에서 우연히 사진 한 장을 발견했다. 안에 들어가서 사진의 배경이 어디냐고 물었다.

"아르헨티나의 살리나스 그란데스."

아! 소금사막이 볼리비아에만 있는 것이 아니구나. 아르헨티나에도 소금사막이 있었다니. 그렇게 해서 우리는 툼바야를 거쳐 소금사막에 도착했다. 《허밍턴 포스트》에서 〈유명해지기 전에 가야 할 여행지 13〉에 선정되기도 한 이곳은 시에라 드 코르도바 산맥의 기슭. 6,000킬로미터 평방에 달하는 방대한 지역을 커버한다고 알려진다.

우리는 마룬5와 비틀즈 노래를 들으며 한산한 도로를 운전했다. 볼리비아 우유니 소금사막처럼 상점이나 음식점, 관광객들이 많지 않았고, 가는 동안 따가운 햇살이 차의 정면으로 내리쬐어 뒷좌석에 앉은 나는 꾸벅꾸벅 졸기까지 했다. 얼마나 달렸을까? 눈처럼 하얗게 뒤덮인 소금사막이 시야에 들어왔다. 하늘과 소금사막의 경계는 확실하게 평면적으로 갈라져 있었다. 차에서 내리자 온몸이 날아갈 것 같은 세찬 바람이 불어와 제대로 서있기조차 힘들었다. 귀를 울리는 바람 때문에 앞 사람 목소리가 들리지 않을 정도였다.

패트릭은 진짜 소금이 맞는지 덩어리 하나를 집어먹었다. 불순물이 전혀 없는 천연소금. 부에노스아이레스의 삼촌네 민박 할머니는 아르헨티나 소금이 꽤나 좋아 한국에 갈 때마다 많이 사서 지인들에게 선

No Subir A LOS Morros de SAL
No Subir A LOS Morros de SAL

물한다던 이야기가 떠올랐다. 물이 말라버려 멋진 사진을 찍는 건 불가능했고, 소금의 흰색이 너무 눈부셔 두 눈을 제대로 뜨기 힘들 정도였지만 그 유명한 볼리비아의 우유니 소금사막에 안 가도 될 정도로 만족스러웠다.

비록 소금사막이지만 우리가 만난 곳. 우리의 이야기가 시작된 곳. 우리의 결혼반지에 새겨진 곳. 사막이라는 단어는 언제나 그 자체만으로도 나의 마음을 두근거리게 한다.

여행, 그저 좋으면 차를 세우고
산을 오르는 것

　지도를 보며 방향만 정하고 가다가 마음에 들면 차를 세우고 무작정 산에 올랐다. 아르헨티나 북부는 닮은 듯 다른 다채로운 산의 모습을 간직하고 있었다. 끝없이 이어지는 협곡을 바라보고 있노라면 우기 때 얼마나 많은 비가 이곳을 지났을까 하는 생각이 절로 들었다.

　흔히 떠올리는 울창한 푸른 산이 아닌 태초의 모습을 그대로 간직하고 있는 것 같은 거대한 바위산은 무척 매력적이다. 뜨거운 태양과 아무렇게나 불어오는 강한 바람에 마른 흙들은 날리고, 바위산의 돌은 빗물에 흘러 그 뽀족함을 잃은 채로 둥글게 둥글게 밑으로 내려오고 있었디. 이 거친 광야에서 살아가는 방법을 터득한 선인장은 스스로를 더욱 굳건히 방어하기 위해 따갑고 긴 가시를 우아하게 세운 채 당당히 허리를 세우고 태양을 바라보는 곳.

대부분의 아르헨티나 북부에 위치한 산의 모습이다. J는 자주 말했다.

"어딘가 다른 행성에 와 있는 것 같아."

우리는 차를 세우고, 걷고 오르고 또 올랐다. 땀범벅이 된 채 정상에 오르면 가지고 간 물을 벌컥벌컥 들이켜고는 나란히 앉아 바람을 맞으며 끝없이 이어지는 풍광을 바라보았다. 감탄한 J가 '야호'라고 크고 길게 외치면 호주 친구들은 '후후이'라 답했다. 호주 원주민 에버리진이 산에서 외치는 소리라고 했다.

우리는 바위에 걸터앉아 어제 시장에서 산 야채와 빵, 치즈로 점심을 해결했다. 렌터카 여행을 시작한 이후로 한 번도 레스토랑에서 식사를 하지 않았다. 어찌 보면 우리보다 더 돈을 아끼는 서양여행자. 특히 패트릭은 음식 남기는 것을 싫어해서 누군가 먹고 남은 음식이 접시에 있으면 체면 차리는 것도 없이 내가 치워줘도 되냐고 묻고는 깨끗이 먹어 치우곤 했다. 난, 그런 그가 좋았다. 어느 정글과 오지에 던져놔도 씩씩하고 유쾌하게 살아남을 것이 분명한 패트릭.

저녁에 살타로 돌아와서 언젠가 삼촌네 민박 할머니가 주셨던 마른 오징어를 불에 구워서 먹어 보라고 했더니 간장맛이 나는 것 같다며 아주 맛있게 먹었다. 제레미는 서양 사람들 대부분이 그러하듯 이상한 맛이라며 싫어했지만.

하루 종일 바위산에서 트레킹을 하고 나면 온몸에서 마른 흙냄새가 났다. 티셔츠에도 양말에도 운동화에도 온통 푸석푸석한 흙이었다. 그래서였을까. 그날 꿈에서도 바위산을 올랐다. 앞에서 누군가 내 손을 꼭 잡고 이끌어주는데 내 발밑으로 자갈과 큰 바위들이 우수수 떨어져 나갔다. 마치 이생의 업보들이 떨어져 나가듯이 말이다.

여전히 그치지 않는 심한 기침 탓에 잠에서 깬 나는 침낭을 가지고 밖으로 나왔다. 다른 사람들까지 깰까 걱정이 되었기 때문이다. 이른 새벽, 다시 잠을 청했다. 나는 또 어떤 꿈과 만나게 될까. 내가 지금 보고 느끼는 이 시간들은 훗날 또 꿈처럼 아득해질까.

마치 탐험가처럼

아침이면 조금 더 자고 싶어 이불 속에서 다들 꼼지락거렸다. 하지만 패트릭은 예외였다. 알람소리에 부산스럽게 일어나서는 호스텔에

서 주는 아침을 먹자며 우리를 깨웠다. 구운 빵 몇 조각과 따뜻한 커피가 전부였지만, 오늘도 열심히 아르헨티나 북부의 산을 탐험하려면 마른 식빵이라도 먹어두는 게 좋았다.

나는 전날 사둔 빵과 토마토, 살라미, 치즈 등을 냉장고에서 꺼내 도시락을 준비하고, 차 안에서 마테차를 마시기 위해 뜨거운 물을 끓여 패트릭의 보온병에 가득 채웠다. 그 사이 남자들은 짐을 정리해서 다시 차 안에 넣고, 지도를 보며 잠시 짧은 회의를 한 뒤 비포장도로를 달리느라 차에 흠집이 난 곳은 없는지 꼼꼼히 확인했다.

산에 오를 때마다 패트릭이 리더가 되어 길을 찾아 나서곤 했는데 오르다 보면 J가 진두지휘하며 우리를 이끌었다. 우리는 길이 아닌 곳으로 다니고 있는 데다, 바위산을 올라야 했고, 그 위에서는 돌이 우수

수 떨어졌다. 그렇기 때문에 서로서로 손을 잡아 이끌고 위에서 올리고 밑에서 받쳐주며 정상에 올랐다.

이따금 우리는 유명한 탐험가놀이를 하거나 밴드를 결성해 돌아가며 노래를 하기도 했다. 이탈리아의 탐험가 콜럼버스를 비롯해 북아메리카를 탐험했던 제임스 쿡, 아랍의 탐험가 이븐 바투타 등 여러 탐험가의 이야기도 했다. 여행을 할 때면 영화 〈인 투 더 와일드〉이야기가 빠질 수 없는 법. 헨리 데이비드 소로우의 삶에 관한 이야기도 물론이다. 웅장하고도 고요한 산을 통째로 빌린 것 같은 시간이었다. 이야기하고 걸으면서 하루 종일 많은 에너지를 쏟아냈다. 가쁜 숨이 턱 끝까지 차올라 헉헉거리면서 꼭대기에 오르면 패트릭과 J는 더 높은 곳을 향해 껑충거리며 만세를 불렀다.

결국
길을 잃다

굳이 계획하지 않아도 당신의 여행은 반짝이는 별빛을 안고 바람처럼 흘러간다. 세상살이가 그러하듯이 여행 또한 계획대로만 되지는 않는 법. 소소하고, 때로는 큰일들이 무한대로 펼쳐진 우리 여행길 앞에 불쑥불쑥 찾아오기 마련이다. 한데 그 일들은 제법 맛나고 재미지거든! 비행기 티켓을 손에 쥐었다면 떠나면 그만이고, 그때부터는 나를 그 안에 온전히 던져 넣으면 된다.

틸까라를 떠나 밑으로 내려가면서 우리는 차를 세우고 트레킹을 하고 싶은 욕구를 꾹꾹 참았다. 아르헨티나의 자연은 너무나 자주 우리의 마음을 붙잡았다. 교대로 운전을 하고, 사과를 한입 베어 먹고 마테차를 나눠 마시며 몇 시간을 달렸다. 그러다 문득 지도의 길이 아닌 곳으로 가고 있다는 사실을 깨달았다. 우리는 모여서 지도를 보며 이 지도가 잘못된 거야, 그래 이게 잘못된 거겠지. 뭐 이런 대화를 했던 것 같다. 하지만 결국 길을 잃었다.

이정표도 없는 낯선 곳으로 잘못 들어섰던 것이다. 어떻게 해서든 그 길에서 빠져 나오려고 달리기 시작했다. 끝없이 이어진 비포장도로 탓에 차가 덜컹거리며 튀어 올랐고, 크고 작은 돌들이 우리 차를 부숴 버릴 듯 스치고 갔다. 이러다 자동차 렌트비보다 수리비가 더 나오는 게 아닌지 은근히 걱정될 정도였다. 길 위에는 우리뿐이었다. 그래도 이 길의 끝에는 뭔가 다른 것이 있을 것 같다는 생각이 들었다. 그래서 왔던 길을 되돌아가지 않고 길을 따라 몇 시간을 그대로 더 달렸다.

그때였다. 작은 집 몇 채가 나타났다. 나무에 묶어둔 말과 아무렇게나 길을 걸어다니는 닭과 염소도 모습을 드러냈다. 그리고 보이는 많은 사람, 사람들. 우리는 차를 세웠다. 누가 먼저랄 것도 없이 사람들이 모여 있는 곳으로 다가갔다.

철장이 둘러진 작은 운동장에 카우보이 모자를 쓴 남자들이 모여 밧줄을 휘휘 돌리며 뛰어다니는 소를 잡고 있었다. 밖에서는 아낙들과 아이들, 노인들이 그 모습을 보며 하하호호 큰 소리로 웃고 있었다. 우리도 그들 사이에 서서 함께 바라보았는데 낯선 이방인을 발견한 현지인들은 우리의 모습이 더 신기한지 웅성거리기 시작했다. 그 중 한 사람이 다가와 물었다.

"너희는 어디에서 왔니?"

간단하게 통성명을 주고받으니 여기저기서 사진을 찍자며 다가왔다. 특히 동양인인 나와 J는 인기가 별나라로 떠날 듯 폭발적이었다. 마을의 남자들은 J가 늘 쓰고 다니는 밀짚모자가 신기했는지 자신들의 카우보이 모자와 바꿔 쓰고 사진을 찍자고 야단이었다. 어리둥절했지만 느낌이 나쁘지 않은 그곳에서 우리는 함께 웃었다.

마을의 사내들은 J와 패트릭, 제레미에게 카우보이 모자를 씌우고는 손에 밧줄을 쥐어주더니 자기들처럼 소를 잡으라는 시늉을 했다. 매듭을 지은 밧줄 안에 소의 다리가 걸리면 소를 넘어트려서 암컷일 경우에는 소꼬리 윗부분을 잘라 사람들에게 건넸다. 이건 행운의 상징이라고 했다. 그러고는 불에 달군 인두로 소의 몸 어딘가에 꽝! 하고 도장을 찍었다. 그렇게 일이 끝나면 밧줄을 풀고 소가 우리로 돌아가게끔 놓아주었다. 그런데 수컷의 경우는 달랐다.

수컷이 잡히면 카우보이 모자를 쓴 남자가 수컷의 생식기를 날카로운 칼로 거세하고, 이를 높이 들면 사람들이 환호하며 손뼉을 쳤다. 철장 안으로 들어가 잠시 그 일을 함께 봤던 J는 소가 눈물을 뚝뚝 흘리는 모습을 보고는 불쌍해서 못하겠다며 밖으로 나왔다. 하지만 패트릭과 제레미는 신발까지 모두 벗어던지고 카우보이 남자들과 소를 잡는 놀이를 즐기기 시작했다.

　사람들의 웃음소리가 산 중턱까지 울려 퍼졌다. 흥겹고 재미있었다. 사람들은 여전히 낯선 이방인의 모습을 카메라에 담았고, 어깨를 툭툭 치고는 쟁반에 든 쿠키를 건넸으며, 사내들은 자꾸만 술을 권했다.

　시간이 얼마나 흘렀을까? 해가 뉘엿뉘엿 질 무렵, 사람들은 가지가 울창하게 뻗어나간 큰 나무 밑으로 둥그렇게 모여들었다. 그러더니 남자들은 삽으로 깊고 넓은 웅덩이를 파기 시작했다. 아낙들은 과일과 고기, 야채를 듬뿍 담은 쟁반을 들고 사람들 사이를 오갔다.

　그러자 사람들이 그 음식을 집어 들고는 나무 밑 웅덩이 속으로 던져 넣었다. 나는 토마토 하나를 집어 그 웅덩이 속으로 집어넣었다. 아까 자른 소의 꼬리도 그 속에 던져졌다. 그러고는 다 함께 두 손을 모아 신께 기도를 드렸다. 사람들의 눈빛이 자못 신성했다. 웅덩이 위로 다시 흙을 덮고 다들 나무 주위를 꾹꾹 밟더니 모든 의식이 끝난 듯 박수를 치고 환호성을 질렀다.

그때 나이가 가장 많아 보이는 노인이 갓 잡은 소도 있으니 식사를 하고 여기서 하룻밤 자고 가라며 우리를 이끌었다. 그렇게 예정에도 없던 이상한 마을의 묘한 축제를 함께 즐기게 되었다. 사람들은 계속 음식을 가져와 입에 넣어주었다. 소의 혀, 소의 뇌, 처음 먹어보는 소의 각 부분을 빵에 넣어먹었다. 숯불에 구운 아사도와 옥수수, 소고기를 넣고 끓인 수프를 몇 그릇 먹으니 뱃속이 따뜻하고 기름지게 불러왔다. 몇 병의 위스키와 와인이 사람들 사이를 오갔다.

모닥불 앞에 모여 누군가 노래를 부르고, 기타를 연주하고, 큰 통을 뒤집어 드럼을 치기 시작했다. 산속에 위치해 제법 추운 바람이 불었지만, 모두가 낯선 이방인인 우리를 따뜻하게 챙겨주었다. 시간이 포근하게 흘러갔다. 마치 꿈을 꾸는 것처럼.

동이 틀 무렵, 우리는 다시 길을 나섰다. 울퉁불퉁한 돌길을 몇 시간 달려 잘 포장된 도로로 접어들었다. 이정표도 하나둘 보이기 시작했다. 그러자 지난밤의 일들이 모두 한바탕 꿈처럼 느껴졌다. 다시 그 마을을 찾아갈 수 있을까? 어젯밤 만났던 밝고 맑은 사람들의 영혼을, 따뜻했던 모닥불을, 내 목을 축이던 이름 모를 술의 맛을 잊을 수 있을까?

지도에도 없는 길로 잘못 들어선 덕분에 맞이한 하룻밤의 기묘한 일들. 우리는 통하지 않는 언어로 대화를 나눴고 큰 웃음을 지었고 뜨거운 포옹을 나눴다. 또한 함께 축제를 즐겼고, 의식을 치렀고, 음식을

길을 잃고 만난 사람들

나는 떠나온 길을 자꾸만 뒤돌아보았다
저기 어딘가 내 마음이 그저 툭 놓여 있었다

나누어 먹었다. 그것은 정말 마법과도 같았다.

나는 자꾸만 왔던 길을 뒤돌아보았다. 더 이상 낯설지 않은 저 땅에 두고 온 마음을 물끄러미 바라보았다. 시간이 흐를수록 옷은 낡아가고 몸은 힘들어지고 날도 점점 추워졌지만, 여행은 계속되어야만 했다. 이 땅에서 살아가는 수많은 이들을 알아보기 위해. 그들을 만나기 위해.

카페야테,
와이너리를 탐하다

묘한 곳에서 길을 잃고 현지인의 축제에 초대돼 하루를 보내고 난 후 우리는 다시 차를 운전해 카페야테에 도착했다. 며칠 동안 맘에 드는 곳에 아무렇게나 차를 세우고 길도 없는 곳의 트레킹을 세 번이나 하던 우리는 카페야테에서만큼은 와인을 탐하기로 했다. 도착한 호스텔에는 투어로 이 근방을 다니는 여행자들이 많았다.

아름다운 자연풍광이 곳곳에 자리해 각자의 시간과 주머니 사정에 알맞은 여행상품을 선택할 수도 있었다. 흥미롭고 신나는 일이 많았지만 우리는 뭔가 지치고 힘든 상태였다. 그래서 카페야테에서는 아르헨티나 북부 와이너리를 다니기로 했다.

아르헨티나의 유명 품종인 말벡 와인은 원산지인 프랑스 보르도보다 아르헨티나의 멘도사가 훨씬 더 훌륭하고 최고의 품질이라 평가된다. 카페야테에는 괜찮은 와이너리가 꽤 많았다. 더불어 치즈팩토

리도 볼 수 있었다. 카페야테의 대부분의 와이너리는 5~10페소 가량
을 지불해야 테스팅에 참여할 수 있다는 점이 좀 아쉬웠지만, 그래도
우리는 와이너리 곳곳을 돌며 와인 테스팅에 나섰다. 이따금 큰 와이
너리에서는 가이드가 직접 나와 와인생산과 보관방법에 대해 설명하
기도 했다. 와이너리를 몇 군데 돌며 살타에 돌아가 함께 마실 와인과
함께 먹을 칠리 섞인 치즈도 구매했다.

　밤에 숙소로 돌아오니 여행자들이 다 함께 돈을 모아 아사도를 구
워 먹자고 했다. 프랑스, 호주, 독일 등 열 명 가량 되는 여행자들과 돈
을 걷어 와인과 고기, 샐러드용 야채를 샀다. 확실히 프랑스인들은 와
인 한 병을 고를 때도 굉장히 심미적이다. 요리를 대하는 그런 자세가
마음에 들었다. 덕분에 잘 구워진 소고기 스테이크와 혀끝에 오랫동

안 여운이 남는 와인을 맛볼 수 있었다.

수년째 여행 중이라는 프랑스 친구는 '영어, 에스파뇰, 만다린, 아랍어'만 할 줄 알면 이 세상 어디서든 살아갈 수 있을 것이라 단언했다. J와 내가 가끔 한국말로 이야기를 할 때면 한국어의 발음이 아름답다며 감탄하기도 했다. 우리는 둘러앉아 지난밤 우연히 다녀온 작은 마을에 대해 이야기 했다. 여행사 투어로만 북부를 돌던 여행자들은 믿을 수 없다며 부러워했다.

예정보다 며칠 더 길어진 우리의 렌터카 여행이 끝나가고 있었다. 내일은 까치에 들렀다가 느긋하게 살타로 돌아갈 생각이었다. 그동안 제레미와 패트릭 모두에게 정이 많이 들었다. 이제 제법 한국말도 잘해서 느끼한 한국 아저씨들 같았다. 입술이 부르트도록 산을 타다가 오랜만에 맛있는 와인을 탐하니 몸이 오늘은 웬일인지 묻는 듯했다.

우리는 알고 있었다. 그 시간들이 얼마나 오래도록 기억에 남을지를.

아르헨티나의 축구 열기

자동차 여행을 마치고 살타로 돌아온 다음 날은 2014 월드컵 아르헨티나의 준결승전이 있는 날이었다. 마치 국가에서 지정한 휴일처럼 이날은 아침부터 모든 상점과 가게들이 문을 닫았다. 덕분에 밀린 세

탁물을 빨지도 못하고 볼리비아까지 가져가게 생겼다.

오늘은 살타 시내에 있는 광장에서 아르헨티나 사람들과 모여 축구를 응원하기로 했다. 호스텔의 여행자들도 삼삼오오 거리로 나섰다. 우리 넷은 똘똘 뭉쳐 늘 함께 밥을 먹고 거리를 걸었다. 시간에 맞춰 광장으로 나가니 수많은 인파로 가득했다.

지나가는 J와 나를 발견한 아르헨티나 사람들이 얼굴에 아르헨티나 국기를 그려줬다. 패트릭은 사람들에게 나도 외국인이라며 나도 좀 그려 달라고 애원한다. 하하. 남미에서는 동양인의 존재가 서양인보다 더 컸다. 살타로 오기 전 부에노스아이레스의 어느 술집에 모여서 월드컵 경기를 보기도 했는데, 이번에는 준결승전이라 그런지 사람들이 더욱 흥분한 상태였다.

아르헨티나가 승리하고 결승에 오르자 그야말로 광란의 축제가 시작됐다. 광장을 가득 메운 수많은 인파가 나팔을 불고 노래를 부르며 행진했다. 우리도 그곳에서 손뼉을 치고 악수를 하고 포옹을 하며 함께 걸었다. 패트릭은 마치 자기가 아르헨티나 사람이라도 된 듯 미친 듯이 소리 지르고 열광했다. 남미는 확실히 모든 나라가 축구에 미쳐 있다고 봐도 과언이 아니다. 어른, 아이, 여자, 남자 할 것 없이 축구를 사랑하는 모습은 터키와 비슷했다.

인파에 휩싸인 제레미는 어디론가 사라졌고, 내일 새벽 5시 차로 볼리비아로 떠나는 우리는 패트릭과 짧은 인사를 나누고 헤어졌다. 이것이 우리의 마지막 만남이 되었다.

우리는 내일 새벽 또 다른 나라, 볼리비아로 간다.

South America Bolivia

남아메리카 볼리비아

국경에서
헤어지기로 하다

국경을 넘고 배낭 속 짐을 나누어
우리는 따로 걸었다.
우리가 함께한 시간들이 이 여행과 함께
부서지는 소리가 들렸다.

볼리비아 국경에서
헤어지기로 하다

어둠이 자욱한 새벽 5시. 예약해 뒀던 택시가 우리를 태우러 호스텔로 왔다. 오늘은 아르헨티나 라끼아까를 거쳐 국경을 넘어 볼리비아로 가는 날. 살타의 버스터미널에서 7시간 거리의 라끼아까는 볼리비아 국경 마을 비야손과 맞닿아있다.

5시 30분, 7시, 10시 30분, 15시 30분, 22시, 24시에 버스가 출발하는데 국경 넘는 시간을 고려하면 첫차가 제일 좋았다. 늦은 시간 출발하는 버스는 10페소 정도 저렴한 것들도 있었지만, 비야손에 머물지 않고 바로 우유니로 가는 기차로 갈아타기 위해 무리를 해서라도 새벽 5시 30분 첫차로 이동하기로 했다.

새벽부터 배낭을 메고 나오는 J와 나는 사이가 별로 좋지 않았다. 그의 가족에게서 걸려온 한 통의 전화가 또 다시 발단이 되었다. 우리는 아무런 말도 없이 추운 새벽공기를 마시며 터미널에 앉아 버스를 기다렸다.

떠나온 지 99일째. J는 그동안 한국에서의 좋지 않은 기운들을 많이 빼고, 다시 예전 인도와 터키를 여행할 때처럼 여행을 즐기고 잘 웃는 여행자가 되어있었다. 그런데 어젯밤 사소한 문제로 말다툼을 하던 중 J는 또다시 해서는 안 될 말들을 내뱉기 시작했다. 그 말들은 비수가 되어 내 심장에 꽂혔다.

라끼아까 국경으로 가는 버스 창가에 앉아 나는 몇 시간 동안 눈물을 쏟았다.

'우린 아닌가봐. 우린 이렇게 헤어지겠구나.'

오후 2시, 버스는 라끼아까 국경에 도착했고 우리는 배낭을 멘 채 15분쯤 서로 말없이 볼리비아 국경을 향해 걸었다. 아르헨티나의 라끼아까, 볼리비아의 비야손 국경에서 출입국 수속을 마치고 우리는 비야손 거리에 우뚝 섰다. 내 눈은 이미 퉁퉁 부은 상태였다. 내가 먼저 입을 열었다.

"헤어지자. 이건 아닌 것 같아."

"헤어지자고? 후회 안 하지?"

"후회는 아마 네가 하게 될 거야!"

나는 볼리비아 국경에서 여권과 중요한 서류 등을 분리시키고, 신용카드와 각종 체크카드, 여분의 달러를 분배하여 J에게 건넸다. 노트북과 카메라도. 그렇게 해서 내게 남은 건 내 여권과, 신용카드 한 장, 얼마의 달러, 내 옷가지가 든 배낭뿐이었다.

J는 모든 짐을 가방에 쓸어 담고는 저 멀리 사라져갔다. 나는 뒤돌아보지 않았다. 길에 홀로 남아 흩어진 짐을 가방 안에 쑤셔 넣었다. 주변에서 볼리비아 사람들의 시선이 느껴졌다. 꾸역꾸역 짐을 채운 배낭을 메는데 어느새 J가 내 앞에 우뚝 서있었다.

"내가 미안해. 너무 화가 나서 자제하지 못하고 못된 말을 내뱉었어. 잘못했어."

"늦었어. 난 마음 정리했어, 우린 이렇게 멍청하게 헤어지는 걸로 끝난 거야!"

나는 처음 도착해 길도 모르는 볼리비아 비야손 거리를 씩씩거리며 걸어 나갔다. J는 뒤에서 따라오며 계속 나를 붙잡았다. 그렇게 모든 건 끝났다고 정리를 하며 걸어나가는데 또다시 편두통과 함께 고산증이 찾아왔다. 높은 고도 탓이었다. 나는 숨이 차올라 헉헉거리며 그만 자리에 털퍼덕 주저앉고 말았다.

"나도 화가 나서 가방 메고 뒤돌아서 가는데 앞으로 뭘 어떻게 살아야 할지 모르겠는 거야. 네가 없이 이 여행을 다니는 게 무슨 의미가 있나 생각도 들고. 내가 잘할게. 우리가 같이 있어야 뭐든 할 수 있지, 한 명이 없으면 어떡하냐? 너 없으면 난 폐인처럼 살 거야. 내가 미안해… 내가 정말 잘못했어. 그리고 난 네가 해주는 요리 평생 먹으면서 살고 싶어. 당신의 행복은 나에게 맛있는 요리를 해주는 거라며."

우린 그렇게 힘들게 볼리비아 국경을 넘었다. 그가 했던 마지막 말은 뭔가 내 마음을 움직였다. 수많은 생각에 휩싸여 우리는 비야손 거리를 따로 떨어져 걸었다. 기분이 좋지 않아 국경의 모습을 사진에 담지도 않았다. 서양여행자가 다가와 말을 걸었지만 웃지 않았다. 우유니로 가는 기차역에 도착해서 우리는 거리에서 맥주 몇 개를 사서 말도 없이 벌컥벌컥 들이켰다.

국경을 넘는 일은 언제나 힘들고 고단하다. 어쩌면 서로 다른 두 사람이 만나 결혼을 해 살아간다는 것은 국경을 사이에 둔 두 나라의 분쟁과 평화 같은 것인지도 모르겠다. 그러니 평화롭게 살려거든 무작정 국경을 넘거나 허물려고 하지 말 것. 그 안에 내포된 각자의 문화를 받아들일 것. 기본과 상식을 지키고 배려할 것. 그것을 제발 지킬 것.

여행자의 로망,
볼리비아 우유니 소금사막

우유니 소금사막. 여기까지 오는데 오랜 세월이 흘렀다. 나는 10년 전부터 볼리비아에 가고 싶다는 생각을 했었다. 언젠가 여행 다큐 프로그램에서 본 우유니 소금사막은 내 심장을 두근두근 뛰게 했고, 수많은 여행자들이 다녀와 찍은 사진을 볼 때도 마찬가지였다. 사람들은 물이 가득 찬 우유니를 보고 싶어 했지만 내게 우유니 사막의 우기나 건기, 물이 있고 없고는 중요하지 않았다. 그저 내가 지금 이 순간, 지금 이 자리에 있다는 사실에 믿을 수 없을 만큼 감사할 뿐이었다.

아르헨티나 국경을 넘어 볼리비아 우유니에 도착했을 때는 새벽 2시경이었다. 어두운 밤, 기차는 우리를 우유니에 던져두고는 훌쩍 떠났다. 버스나 기차 혹은 비행기에서 내려 낯선 도시와 처음 만나는 순간, 여행자는 설레기도 하지만 두렵기도 하다. 그런데 한밤의 우유니는 무슨 일인지 꽤나 시끄러웠다. 밤새 무슨 축제를 하는지 거리에는 요란한 록음악이 끊이지 않았다. 불빛이 드문드문 켜진 거리의 가로등 밑으로 두터운 점퍼를 입고 털모자를 귀까지 눌러 쓴 사내들이 삼삼오오 지나갔다. 몇 군데의 호스텔에서 방이 없다는 얘기를 듣고 마지막에 들어간 곳은 방값이 무려 200볼로 3만 원이나 했지만, 우리는 너무 추웠고, 그 밤은 매우 깊었다.

아침에 일어나 다시 저렴한 숙소를 알아보고 방을 옮겼다. 우유니는 그저 소박하고 한적한 시골마을이다. 해마다 수많은 관광객이 찾아오는 곳이라고 믿기 힘들 정도였다. 해발고도는 3,653미터. 도착한 날부터 약한 고산증이 찾아와 J와 나는 컨디션이 저조했다. 특히 J는 고산병 약까지 먹었는데도 늘 피로하고 힘들어했다. 날씨가 점점 추워져서 울로 짠 털양말과 털장갑을 하나씩 샀다. 늘어가는 배낭의 무게 때문에 양말 하나 사는데도 정말 신중에 신중을 기한다.

난방이 안 되고 태양이 들어오지 않는 우유니의 숙소는 너무 추웠고, 고산증 탓에 숨 쉬기도 힘들어 우리는 이틀 정도 쉬면서 우유니 소금사막으로 가는 일정을 알아봤다. 우유니에서는 여행자들이 부산하게 움직였다. 이제 막 투어를 끝내고 지프에서 내리는 여행자들도 있었고, 우리처럼 투어를 알아보는 여행자들도 많았다. 어쨌거나 내가 생각했던 우유니와는 많이 달랐다. 오랫동안 머물며 편안히 지내기는 힘들 것 같다.

볼리비아의 자연을 제대로 보고 싶다면 꼭 해야 하는 2박 3일 투어. 시간이 없거나 무서운 사막의 추위가 싫다면 하루 일정의 투어, 일출과 일몰을 보는 투어, 또 볼리비아 소금사막을 거쳐 칠레의 아타카마로 넘어가는 2박 3일 투어까지 다양한 상품이 여행자를 기다리고 있었다. 우리가 선택한 것은 운전사 겸 가이드와 동행한 6명의 사람들과 사막에서 함께 먹고 자며 우유니 소금사막을 둘러보는 일정이었다. 내가 꼭 보고 싶어 했던 만큼 2박 3일의 투어가 끝나면 또다시 선라이즈 투어도 신청해 우유니를 보고 떠나기로 마음먹었다.

이튿날 오전 10시 30분, 지프를 타고 우유니 소금사막 투어에 나섰다. 가이드가 물을 주긴했지만, 마실 물이나 간식은 알아서 충분히 준

비하는 것이 좋다. 일행은 프랑스 커플, 브라질 사람 2명, 그리고 우리 둘까지 총 6명. 여기저기 소금사막 투어를 나서는 사륜구동 지프들이 즐비했다.

처음에 들른 '열차의 묘지'에서 이제는 달리지 않는 볼리비아의 잠든 열차를 볼 수 있었다. 조금씩 보이는 소금길을 따라 달려 소금을 채취하는 작은 마을 콜차니에 들렀고, 몇 군데의 소금사막에 다녀온 뒤 소금 위에 앉아 가이드 겸 운전수인 폴리가 차려주는 점심을 먹었다. 관광객들은 여기에서 우유같이 뽀얀 소금사막을 배경으로 다양한 사진을 찍으며 휴식을 취했다.

우리는 언덕에 올라 소금사막의 절경을 바라보았다. 그 옛날 호수였던 곳에 이렇게나 큰 소금사막이 생겨났다니 정말 경이로웠다. 오랜 세월 기다려온 나는 아무 말 없이 소금사막을 바라보거나 힘차게 뜀박질을 하거나 아름답다는 말을 자주 했다.

우유니는 죽기 전에 꼭 한번 봐야만 하는 황홀한 곳.

물감을 풀어 놓은 듯한
청정 지역 우유니

다채로운 물감을 풀어 놓은 것처럼 신비로운 색이 여행자를 맞이했다. 사륜구동 자동차는 먹을 것과 짐을 싣고 우유니의 구석구석을 보여주기 위해 오늘도 열심히 달린다. 미네랄의 영향으로 다양한 색을 연출하는 구름 덮힌 산의 모습과 콜로라다 호수, 블란카 호수, 베르데 호수가 특이한 색채로 하늘을 반사시켰다. 이 호수 위에 서식하는 플라멩코 군락을 바라보는 일은 몇 시간이라도 할 수 있을 것 같았다.

사막을 한참 달리다 보면 걸음을 멈추고 서서 자동차를 바라보는 사막여우나 산토끼도 만날 수 있었다. 전날 소금호텔에서 비교적 춥지 않게 하룻밤을 잤다. 같이 온 일행들은 한 달 정도 휴가를 맞이해 볼리비아에 온 사람들인데 그중 프랑스 커플은 이 추운 날씨에도 공동 샤워장에 가서 샤워를 했다. 브라질에서 온 남자 변호사는 이렇게 오랫동안 씻지 않고 살아보는 건 처음이라나. 그는 볼리비아가 너무 더러워서 싫다고 했다.

'이 친구야. 그러니 아직도 여행을 즐기지 못하고 있지.'

문득 아르헨티나 북부 여행을 함께 했던 호주 친구, 패트릭과 제레미가 그리워졌다.

우유니 투어는 모르는 낯선 이들과 며칠 동안 함께 다니기 때문에 괜찮은 사람을 만나는 것도 꽤나 중요하다. 내가 만났던 사람들은 배낭여행자들이 아닌 휴가로 짧게 여행을 왔던 사람들이라 사고방식이 우리와는 전혀 달랐다. 럭셔리한 걸 원하고 있다고 해야 하나? 그들은 남미의 국경을 여러 차례 넘으며 여행하는 우리를 보고 무척이나 놀라워했다. 우유니 거리의 많은 사람들이 그런 여행자임에도 불구하고 말이다.

온통 소금으로 만들어진 소금호텔. 호수와 모래사막이 보이지만 춥기로 악명 높은 도미토리에서 두 번째 밤을 맞았다. J는 어디선가 주워온 벽돌과 천으로 10센티미터 가량 벌어진 문틈을 꼼꼼히 막았고, 덜컹거리던 창문에도 담요를 매달아 바람을 원천봉쇄했다. 그 덕에 우리 방에 머문 일행들은 추운 줄도 모르고 너무나 잘 잤다며 무척 고마워했다.

오늘도 마치 달에 잠시 착륙한 듯 낯설고 멋진 대자연을 보기 위한 우유니 투어는 계속되었다.

새벽 4시 소금사막에서
웨딩촬영을

검은 새벽의 시간 4시. 일출을 보러 가기 위한 사람들을 위해 호스텔 앞으로 픽업차량이 도착했다. 날은 너무 추운데 얇은 흰색 웨딩드레스만 입고 나와서 무사히 웨딩촬영을 할 수 있을까 걱정이 앞섰다. 투어에 함께 가는 몇 명의 여행자를 태운 차량은 새벽 4시 반이 넘어서야 물이 찬 우유니 소금사막에 도착했다. 달과 수많은 별들이 물에 반사되어 조용히 반짝이고 있었다.

언제나 이곳은 이런 모습이었겠지. 이 풍경을 보려고 얼마나 많은 사람들이 새벽같이 일어나 이곳을 다녀갔을까. 그건 별만 알고, 저 둥근 달만 알고, 소금사막만 아는 일일 터. 운동화가 젖을까봐 혹시나 해서 고무신을 신고 갔는데 운전기사가 사이즈에 맞는 장화를 건넸다. J는 그때 생각했단다.

‘라라 옷이 흰색 드레스니까 흰색 장화를 주면 좋을 텐데.’

웬일인지 정말 내 장화는 다른 사람들 것과 다르게 흰색이었다. 물이 차 있어 장화를 신고 조심조심 걸었다. 소금물이 옷에 튀어 흰색으로 변했다. 태양이 떠오르면서 그 많던 별들이 자취를 감추었고, 지평선처럼 보이는 저 하늘 끝이 묘한 색감을 뿜냈다. 거울처럼 모든 것이 반사되어 비춰지는 소금사막. 할 수만 있다면 하루 종일 앉아서 그 풍경을 보고 싶었다. 매서운 바람에 손가락이 꽁꽁 얼고, 차가운 물에 발가락도 꽁꽁 얼어버렸지만 우유니에서 꼭 하고 싶었던 웨딩촬영을 무사히 마쳤다. 오랫동안 마무리하지 못했던 숙제를 끝낸 듯 개운했다.

우리는 손을 맞잡고 앞을 바라봤다. 황금 태양이 서서히 떠오르고 있었다. 눈이 부셔 아무것도 보이지 않았지만 마치 또 다른 우주에 와 있는 듯 가슴이 벅차올랐다. 사랑하는 사람과 바라던 곳에 가고, 함께 그곳의 공기를 느끼고 에너지를 교감하는 것. 그것이야말로 하나의 완전한 우주. 우유니의 일출은 두고두고 마음에 남을 것이다.

아. 이젠 정말 우유니를 떠나도 될 것 같았다.

볼리비아, 우유니 소금사막

오래된 꿈

10년을 꿈꾸던, 우유니에
내가, 우리가 있다

히치하이킹으로
만난 사람들

우유니에 6일 정도 머물렀다. 사막에서 일출을 보고 온 뒤 더 이상은 고산증과 추위를 견딜 수 없어 우리는 그만 우유니를 벗어나기로 했다. 그런데 선라이즈에 만났던 타이완 여행자가 오늘부터 우유니를 오가는 모든 길이 막혔다는 소식을 전했다. 여행사, 버스정류장, 기차역, 택시 기사에게까지 다시 한번 확인해봤더니 모두 같은 대답이다. 우유니 현지 사람들이 노동임금협상과 처우개선을 위한 파업에 돌입했다는 것이었다. 불과 한 달 전에도 파업을 했다고 들었건만, 또 다시 일어난 상황. 아, 이 일을 어쩌지?

그래도 난, 이 춥고 불친절한 우유니 시내에 더는 머물고 싶지 않았다. 우리는 일단 체크아웃을 한 후 우유니를 벗어날 수 있는 교통편을 알아보러 다녔다. 하지만 공식적, 비공식적인 길들은 모두 통제된 상태. 이미 모든 상점과 은행은 문을 닫았고 현지인들은 모두 밖으로 나와 시위행진 중이었다.

배낭을 메고 허망하게 서있거나 굳게 닫힌 기차역 철문 앞에 삼삼오오 모여 이야기를 나누는 여행자들도 많이 보였다. 하지만 우리는 이렇게 주저앉아 하염없이 시간을 보내고 싶지 않아 배낭을 메고 무조건 걷기로 마음먹었다.

"우린 수크레로 갈 거예요. 어느 방향으로 가면 되나요?"

현지인에게 물으니 모두들 손사래를 쳤다. 버스를 타고도 13시간이 걸리는 곳이었기 때문이다. 하지만 우유니를 벗어날 수 있는 방법은 걷는 것뿐이었다. 우리는 조금이라도 태양을 피할 요량으로 스카프와 선글라스로 단단히 무장을 한 뒤 마을 밖으로 걸음을 옮겼다. 그리고 발자국마다 폴폴 거리는 먼지를 뒤로하고 차량 하나 다니지 않는 도로를 하염없이 걷고 또 걸었다. 얼마나 지났을까. 나는 J보다 뒤처지기 시작했다. 다리에 힘이 빠졌고, 배낭이 점점 무겁게 느껴졌으며, 태양은 더 뜨거워졌다.

그때였다. 멀리서 차 한 대가 우리 쪽으로 다가왔다. 과감하게 히치하이킹을 시도했다. 다행히 차는 멈춰 섰고 우리는 가쁜 숨을 몰아쉬며 차에 올랐다. 차에 탄 사람들은 캐나다 퀘백에서 온 가족으로, 캠핑카를 타고 아르헨티나를 거쳐 볼리비아를 여행하는 중이었다. 우유니 소금사막을 보려고 며칠 전에 볼리비아에 도착했는데 어린아이 둘이 고산증으로 너무 아파 서둘러 고도가 낮은 마을을 찾아가는 중이라고 했다. 아이들은 차 안 침대에 누워 연신 오바이트를 하거나 계속 엄마를 불러댔다.

어린아이가 고산병으로 얼마나 힘들었을까? 도로를 달리던 차는 채 10분을 더 가지 못하고 멈춰 섰다. 큰 바위들로 길을 막고 있는 현지인들은 우리를 쉽사리 보내주지 않았다. 아이 엄마는 허둥지둥 차에서 내려 유창한 에스파뇰로 아이가 아파서 어서 빨리 여길 벗어나야 한다고 설명했다. 그렇게 세 번이나 차를 멈추고 사정을 해 통제된 곳을 빠져나왔다. 그리고 다시 한번 현지인들의 바리게이트와 마주한 순간, 무시무시하게 생긴 칼과 곡괭이로 무장한 사람들이 우리 차를 에워싼 채 지나갈 수 없다고 잘라 말했다. 아이의 엄마가 사정했지만 이번에는 통하지 않았다. 아이의 부모는 절망했고 아이들은 자꾸만 칭얼거렸다. 보다 못한 J가 밖으로 나갔다.

"이봐, 친구! 한 번만 봐줘. 우린 병원에 가야 한다고, 아이가 아파, 여기 대장이 누구야?"

J가 대장과 서툰 에스파뇰로 몇 마디 대화를 한 뒤 끌어안고 악수를 하니 사람들이 갑자기 웃으면서 바위를 치우기 시작했다. 불과 5분도 안 걸린 협상. 아이 엄마의 유창한 에스파뇰보다 어줍지 않은 J의 몇 마디 말이 사람들을 웃게 하고 길을 열게 한 것이었다. 그러고 보면 때로 언어는 그다지 중요한 소통수단이 아닌 것이 분명했다.

현지인들은 우리에게 다가와 뜬금없이 물었다. "한국 사람은 뭘 먹고 살아?" 그들 눈에는 동양인인 우리가 꽤나 신기하고 재미나게 보였던 모양이다. 심지어는 함께 사진을 찍자고 휴대폰을 내밀기도 했다. 우리는 카메라 앞에서 기꺼이 포즈를 취해주었다. 좀 전까지만 해도 심각하고 무서운 얼굴을 하던 볼리비아 사람들의 그 선량하고 천진한 표정이란!

마지막 바리케이드를 통과하고 달리려는 찰나, 외국인 여행자들로 보이는 네 명의 남녀가 우리가 탄 캐라반을 세워달라며 소리쳤다. 운전을 하던 아이들 아버지가 자리가 없어서 안 되겠다고 하자 이들은 바닥에 앉아도 좋으니 제발 태워만 달라고 애원을 했다.

결국 모두 함께 가기로 했다. 이들은 프랑스에서 온 여행자들이었는데 각각 엄마와 아들, 딸, 딸의 남자친구로 방학을 맞이해 남미 여행 중이었단다. 그런데 잘 생각해보니 오늘 아침 버스정류장에서 만나 잠깐 대화를 했던 그 사람들이었다. 길이 막혔어도 걸어서라도 우유니를 빠져나가 히치하이킹을 시도해 보겠다는 우리 얘기를 듣고 그들 역시 길을 나섰다고 했다.

캐나다 퀘백에 사는 캐라반 주인 부부는 역시 불어가 더 익숙한 듯 프랑스 여행자들과 불어로 대화했다. 이렇게 해서 캐라반은 아이 둘과 프랑스 여행자 네 명, 주인 부부, 그리고 우리까지 열 명을 태우고 아무도 다니지 않는 도로를 씽씽 달리기 시작했다.

점심 때가 다가오자 차주인 아저씨는 도로에 차를 세우고 테이블을 폈다. 그들은 오늘 처음 본 우리를 위해서 빵과 햄, 치즈, 토마토를 내어오고 물을 끓여 차를 만들었다. 뿐만 아니라 맛이 일품인 와인 한 병도 꺼내서는 모두의 잔에 채운 뒤 외쳤다.

“이렇게 만나게 된 여행자들을 위하여 건배!”

프랑스 여행자들과 우리는 미안한 마음에 고맙다는 말을 몇 번이나 했다. 우리는 그렇게 3시간 반을 달려 ‘포토시’라는 마을에 도착했다. 차가 다니지 않는 도로에는 이따금 야생의 라마가 무리 지어 지나가기도 했다. 우유니에 발이 묶여서 움직이지 못하는 여행자들은 지금 뭘 하고 있을까? 우리가 걸어서 히치하이킹으로 우유니를 벗어나겠다고 했을 때 서양여행자들이 그건 불가능한 일이라며 웃었다. 발이 묶인 그 첫날 바로 포토시로 넘어온 걸 알면 깜짝 놀라겠지?

마침내 우유니를 벗어났다. 좋은 사람들을 계속 만나고 있다.

남부 볼리비아의 고산 도시, 포토시

히치하이킹으로 생각지도 않게 도착한 포토시는 우유니보다 고도가 더 높아 머리가 아팠다. 우리는 여기서 이틀만 묵기로 하고 마을 구경에 나섰다. 포토시의 산은 과거 세계 은 생산량의 절반을 담당했던 곳으로 지금은 볼리비아의 주요 주석 산지이다. 포토시 산 주변에는 여전히 광산업이 한창인데 광부 체험을 하는 관광상품도 있었다.

이 도시는 유네스코 세계문화유산으로 지정되어 과거 식민지 시절의 유적과 건물들이 많이 남아있었다. 한데 관리는 잘 되지 않는 듯 건물 여기저기에 스프레이 낙서가 많았다.

고마운 여행길

고맙다는 말을 자주 한다
이 여행길이 반짝반짝 빛나고 있다

마을은 산동네와 아랫동네, 중간쯤으로 나눌 수 있었다. 유적지 감상을 좋아하는 관광객들은 카메라를 들고 유서 깊은 도시를 둘러보러 다녔다. 하지만 우리는 눈앞에 보이는 산꼭대기에 올라가 이 도시 전체를 내려다보고 싶었다. 이제는 길 없는 길로 다니는 것이 우리의 주특기였으니.

1.50볼을 내면 마을버스를 타고 어디든 갈 수 있어서 이틀 내내 우리는 발길 닿는 대로 돌아다녔다. 아무 버스에나 올라 마음에 드는 곳에 내려서는 거리에서 파는 맛있는 음식들을 이것저것 먹었다. 마을이 작아서 굳이 노선을 알 필요가 없었다.

거리에서 J를 보고 흥분해서 뛰어오는 소녀들을 만나기도 했다. 빅뱅을 좋아한다는 소녀들은 "아이러브 코레아"를 외치며 J와 사진을 찍었다. 한류는 역시 대단했다. 거리에서 이따금 '태양'이나 '소녀시대'의 노래가 스피커로 흘러나왔다. 불과 수년 전만 해도 동남아에 국한되어있던 한류가 이젠 남미 구석구석까지 퍼져나가고 있었다.

숙소가격이 많이 비싸 좀 부담스럽기는 했지만, 우리는 우유니보다 따뜻하고 정갈한 이곳에서 느리게 시간을 보냈다. 그러나 이제는 수크레로 떠나서 며칠 좀 편히 쉬고 싶었다. 우유니보다 고도가 높아 숨쉬기 더 힘든 포토시는 그만 떠날 참이었다.

지친 몸을 쉬어 가는 곳,
수크레

포토시에서 3시간 동안 버스를 타고 수크레에 도착했다. 수크레에 도착해 머물 숙소를 구하고 샤워도 하고 나니 그제야 고산증으로 아팠던 머리가 개운해졌다는 걸 알았다. 평균 고도 2,800미터 정도가 되니 오랜만에 숨도 차지 않고, 머리도 안 아프고, 뭔가 개운했다. 제대로 숨 쉬고 사는 것이 얼마나 중요한지 새삼 깨닫게 되었다.

계속 된 감기는 이제 한국에서 가져 온 약을 먹어도 소용이 없었다. 결국 약국에 들러 증상을 이야기하고 약을 샀다. 처방 받은 약을 8시간마다 한 알씩 먹었는데 얼마 지나지 않아 지긋지긋했던 감기가 뚝 떨어져 나갔다. 역시 아플 때는 현지약이 직빵이다. 덕분에 몸이 많이 좋아져 편안했다.

우리는 공원에 앉아있거나 수크레 전경이 보이는 언덕 꼭대기 카페에 자주 들렀다. 그곳에서 웨딩촬영도 하고 느긋하게 차도 마셨다. 정말 오랜만에 맛보는 휴식이었다. 부에노스아이레스를 떠나오고는 계속 강행군의 연속이었으니까. 하루에도 몇 번씩 찾아오던 다이나믹한 일들은 이제 잠시 마다하고 싶었다. 여행자의 지친 몸과 마음을 쉬게 하는 곳 수크레. 지금은 그저 이 평화로움이 좋다.

볼리비아, 수크레

라파즈로
떠나는 밤

수크레에서 출발하는 라파즈행 야간버스는 저녁 7시 반에 출발해 12~13시간을 달려 아침 8시쯤 라파즈에 도착한다. 우리가 구입한 버스표는 인당 150볼. 하지만 버스 안에서 만난 프랑스 남자는 180볼을 지불했다고 했고, 나중에 본 현지인의 버스표는 140볼이었다. 역시 볼리비아에서 모든 버스티켓은 흥정이 필수. 이 사실을 알게 된 프랑스 남자는 허무하게 웃었다.

표를 살 때 터미널 직원은 버스 안은 깨끗하고 따뜻하며 와이파이가 터진다고 했지만, 와이파이는 접속 불가능했으며 차안은 무척 더러웠다. 게다가 12시간을 밤새 내달리는 버스 안은 밖에서 자는 것처럼 추웠다. 버스 안은 마치 큰 구멍이 뚫린 것처럼 찬바람이 쌩쌩 파고들었다.

우유니 소금사막에서 잤던 때보다 더 추웠던 것 같다. 밤새 온몸을 웅크리고 달달달 떨며 쪽잠을 자야 했다. 작년 제주의 덥고 뜨거웠던 여름을 기억해내려 애썼지만 굳어버린 내 몸은 모든 기억을 망각한 듯 했다. 후회가 밀려왔다.

'내가 왜 이런 여행을 하고 있을까? 왜 침낭을 짐칸에 넣었을까?'

그러다 문득 커튼을 열고 하늘을 바라봤다. 커다란 북두칠성이 창에 박힌 듯 반짝이고 있었다. 꿈이었을까. 나는 모자를 푹 눌러쓰고 목도리로 코까지 가린 채 눈만 내놓고 밤하늘을 오랫동안 바라봤다.

그리운
집. 밥.

이른 아침 도착한 볼리비아의 수도 라파즈는 역시 수도다웠다. 사람들은 몹시도 분주하고 바빠 보였다. 버스 안에서 만난 프랑스 남자와 함께 숙소구하기에 나섰다. 세상에서 가장 높은 곳에 위치한 수도 라파즈에서 우리는 적당한 가격의 숙소를 찾기 위해 점점 더 높은 곳으로 올라갔다. 가쁜 숨을 몰아쉬면서.

그나마 희망적이었던 건, 라파즈에 한국식당이 존재한다는 사실이었다. 간신히 구한 숙소에서 체크인을 마치자마자 배낭을 던져 버리고는 한국식당을 찾아 나섰다. 식당에 도착하기도 전에 우리는 서로 먹고 싶은 것을 이야기했다.

'삼겹살, 김치찌개, 된장찌개, 제육볶음, 김밥, 비빔밥.'

물어물어 찾은 한국식당에서 김치찌개와 돌솥비빔밥, 그리고 맥주를 마셨다. 계산을 하고 나오는데 직원이 적당히 탄 누룽지를 챙겨주었다. 감동적인 누룽지. 어찌나 고마운지 눈물이 날 뻔했다.

여행하는 시간이 길어질수록 한국 음식이 점점 그리워졌다. 외국에 나온 한국인 여행자에게 가장 비싼 음식은 다름 아닌 한국 음식. 우리는 저렴한 도미토리에 머무는 대신 하루 방값보다 비싼 칼칼한 찌개와 흰 쌀밥을 먹었다.

여행자는 아주 단순해진다. 배가 부르면 잠이 오는 법. 우리는 추위에 떨며 라파즈에 도착했던 모든 기억은 잊고 햇볕이 내리쬐는 공원

벤치에 누워 낮잠을 잤다. 문득, 지금쯤 한 여름의 더위로 뜨거울 제주가, 나의 부엌에서 만들어 먹던 따뜻한 집 밥이 그리웠다.

주술적인 힘, 에치세리아 시장 그리고 소매치기

라파즈에서는 꼭 보고 싶었던 에치세리아 시장에 다녀왔다. 약초와 물약, 박제한 새끼 라마와 각종 동물의 사체들이 거리의 상점에 주렁주렁 매달려 있었다. 지금도 여전히 주술적인 힘을 믿는 원주민들의 구입이 이어진다고 한다. 아프리카 토고보단 귀엽게 느껴졌던 마녀시장. 시장 구경도 하고 볼리비아 커피도 마시며 시내를 걸었다.

그런데 문득 입고 있는 점퍼 사이로 수상한 손의 촉감을 느꼈다. 여분의 돈을 넣은 지갑을 노린 소매치기였다. 어깨를 툭툭 치며 지나갈 정도로 붐비는 곳이었고, 넘쳐나는 사람들로 정신이 없었고, 우리는 방금 산 커피를 하나씩 들고 있었다. 나는 거리에 서서 내 점퍼에 손을 넣었던 사내를 향해 육두문자를 날렸다. 옆에 있던 J가 무슨 일이냐며 놀라 물었다. 나는 서서 자초지종을 설명했다. 거리를 오가던 사람들이 내 말을 알아들은 것처럼 소매치기를 향해 매서운 시선을 던졌다. 나는 우뚝 서서 그를 향해 한국말로 외쳤다.

"다행히 아무 일도 안 일어났으니까 봐주는 거야!! 이 나쁜 놈!!"

매서운 눈빛을 가졌던 그 사내는 인파 속으로 사라졌다. 그러자 J가

말했다. 그 사내가 아까 시장에서부터 우리를 따라 다녔다고. 위로 쭉 찢어진 눈빛이 강렬해서 기억하고 있었단다. 그럼 이 사내는 도대체 몇 시간 동안 우리의 뒤를 밟았던 것인가? 아무 일도 없어 천만다행이었지만 기분이 썩 좋지 않았다. 아찔한 순간이었다. 정신없이 흘러가는 도시 라파즈. 어서 이 혼잡한 곳을 떠나야지.

구름 위의 땅
코로이코

이른 아침 배낭을 메고 길을 나섰다. 라파즈 시내에서 1.50볼 하는 미니버스를 타고 도착한 Zona Villa Fatima의 작은 정류장 위로 보이는 풍광은 끝내주게 멋졌다. 간간이 여행자들이 보였지만, 대부분 현지인들이 오가는 작은 시내버스 터미널 같은 느낌이 꽤나 정감있다.

라파즈에서 인원 7명이 채워지면 출발하는 봉고차는 30볼. 라파즈에서 코로이코로 가는 길은 아슬아슬하지만 그만큼 치명적인 아름다움을 보여준다. 굽이굽이 이어진 도로는 끝도 없이 앞으로 나아간다. 운전수가 이따금 무리해서 앞지르기를 할 때면 옆에 앉은 나는 손잡이를 부여잡고 한숨을 쉬기도 했다.

가다 보면 구름이 낮게 가라앉아 안개 낀 구간을 통과하는데, 밑의 낭떠러지를 생각하면 아찔한 구간이다. 점점 고도가 높은 라파즈

Vive
Coroico

를 떠나 산 몇 개를 올라타거나 내려가는 일을 반복하다보면, 신비롭게 구름에 뒤덮인 마을 코로이코가 그 아기자기한 얼굴을 내민다. 무슨 속셈으로 이렇게 깊은 산속에서 보석처럼 꽁꽁 숨어있는지 앙증맞은 마을이다.

마을은 작아도 그야말로 있을 건 다 있었다. 여행자 호스텔과 수영장이 딸린 고급 리조트급 호텔, 이탈리아식 피자 레스토랑과 치킨집, 정겨운 재래시장, 트레킹을 할 수 있는 곳과 심지어 커피농장까지.

창문을 열면 바로 구름 밑이 보이는 높은 절벽에 위치한 숙소에 짐을 풀었다. 잠들면서 하늘을 보는 일은 그저 대단하기만 했다. 내가 구름 위에 있는 건가? 착각에 빠질 정도로 구름은 이른 아침에 창문 가까이로 다가와 오후 11시경이 되면 다시 위로 올라갔다. 코로이코는 뭔가 인도의 맥그로드 간지와 닮았다. 숨쉬기도 편안한 코로이코에서 우리는 느리게 일주일 정도 머물기로 한다.

그곳은
비밀의 화원

구름에 둘러싸인 비밀의 화원 같은 이 작은 마을에 도착했을 때 그저 이 풍경 앞에서 햇볕을 받으며 앉아있고 싶었다. J와 인도에서 만나 여행을 함께 하던 그때, 우리는 인도 북부의 마을 중 달라이 라마가 살

고 있는 맥그로드 간지에서 한 달 동안 방을 구해 살았다. 그런데 코로이코에 오니 그때의 맥그로드 간지 생각이 자주 났다.

그때도 이렇게 창문을 열면 정면으로 하얀 설산이 내 가슴속으로 눈부시게 들어왔다. 볼리비아의 코로이코는 구름에 둘러싸인 푸른 산이 아침, 점심, 저녁, 밤, 각기 다른 모습으로 찾아왔다. 아기자기한 작은 마을의 느낌도 자꾸만 인도의 맥그로드 간지를 떠오르게 했다. 그래서 우리는 그때의 시간들을 자주 이야기했다.

코로이코의 해발고도는 다른 볼리비아의 도시와는 다르게 낮아서 숨쉬기도 편안하고 날씨도 비교적 따뜻한 편이다. 비누로 잘 세탁한 티셔츠와 양말을 햇볕에 널어놓으면 꼬득꼬득하게 잘도 마른다. 나는 마을 구멍가게에서 산 볼리비아 보드카를 사서 콜라에 섞어 한잔 마시고 낮잠을 자기도 했다. 그렇게 별 대수롭지 않은 일들로 코로이코의 하루하루가 지나간다. 넉넉하고 평화롭게.

떠나는 날도 올 때 그랬던 것처럼 구름마을을 지나 융가스 도로를 타고 다시 라파즈로 돌아간다. 언젠가 볼리비아를 다시 오게 된다면 코로이코도 다시 와야겠어. 내게 인도의 기억을 떠오르게 했던 코로이코. 라파즈에서 만난 다른 여행자들에게 꼭 가보라고 말했던 마을. 구름 속 비밀의 화원에서 지내는 신비로운 하루들. 여행이 깊어지고 있다.

안녕!
티티카카 호수

우유니 소금사막만큼 너무나 보고 싶었던 볼리비아의 티티카카 호수. 바다가 없는 볼리비아에게 너무나 고마운 이 거대 호수는 안데스 산맥 북쪽 고원에서 페루의 푸노와 볼리비아의 코파카바나 국경에 위치해 있어 여행자들은 국경을 오가며 해발고도 3,800미터에 위치한 세계에서 가장 높은 곳에 있는 호수를 바라본다. 보는 순간 호수인지 바다인지 놀라울 뿐이다.

라파즈에서 출발한 버스는 3시간 반 만에 코파카바나에 도착했다. 중간에 버스에서 내려 다시 작은 보트를 타고 호수를 건너면 버스도 배를 타고 다시 넘어온다. 다시 버스를 타고 도착한 코파카바나. 코파카바나는 수많은 여행자들과 버스, 먼지가 날리는 길 위에서 시장 상인들로 이리저리 채이고 정신없었다. 이곳에서 아르헨티나에서 스치듯 만났던 한국에서 온 약사 친구를 만났다. 그는 이제 막 태양의 섬에서 배를 타고 넘어와 페루의 국경을 넘는다고 했다.

3개월 만에 만난 한국 사람. 그의 추천으로 코파카바나에서 배로 1시간 반 거리에 위치한 태양의 섬으로 바로 들어가기로 했다. 섬에 가서 만들어 먹을 것들을 샀다. 보드카 한 병, 빵 몇 개, 계란 몇 알, 주스 한 병, 그리고 채소 몇 개를 사들고 배에 올랐다. 한 장에 25볼이라는 배 티켓을 흥정해 20볼에 두 장 구입했다. 티티카카 호수는 정말 너무나 거대해서 우리는 이곳에 머무는 5일 동안 호수라는 말보다 늘 "바다 보러

여행의 묘미
예상치 못한,
기대하지 않았던
여행의 모든 상황을 즐기는 일
달리 생각하면 그건
여행의 또 다른 묘미

가자"는 말로 대신했다. 엄청나게 높은 돌계단을 네 발로 기다시피 오르고 다시 가파른 길을 따라가니 마침내 환상적인 티티카카 호수의 절경이 눈앞에 펼쳐졌다.

심장이 터질 듯 숨을 거칠게 몰아 내쉬었지만, 좀 더 높이서 이 멋진 풍경을 보며 오랫동안 머물고 싶어 자꾸만 자꾸만 위로 올라갔다. 섬 안에는 자동차가 전혀 다니지 않았다. 주민들의 이동 수단은 당나귀. 당나귀는 식량이나 벽돌, 이런저런 짐들을 등 위에 싣고 높은 곳을 힘겹게 오간다.

새파란 블루,
태양의 섬에서 6일

잉카의 전설이 탄생한 이 신비로운 섬에서 멀리 보이는 달의 섬까지 다녀오거나, 종일 오르막과 내리막을 오가며 태양의 섬 구석구석을 탐험하는 일도 해볼만 하다. 어딜 가든 마을의 풍경은 고즈넉했다. 한데 그 안에서 살아가는 사람들의 모습은 싸늘하기만 하다. 그동안 만났던 볼리비아 사람들과는 확연히 다른 냉소적인 모습은 여행자의 마음을 움츠러들게 했다.

호기심 어린 눈빛으로 몇 시간, 며칠을 머물다 떠나는 외국인을 상대하는 시간들이 녹록치 않았을 것이다. 나를 보며 "돈을 더 내. 넌 외국인이고 난 볼리비아 사람이니까"라고 당당히 말하는 소년에게서 쓸쓸함이 느껴졌다. 그나마 숙소 가족들과는 다정하게 지내고 있어 다행이었다. 주인아주머니는 우리에게 가게를 맡기고 종종 외출을 나가기도 했다.

"나 잠깐 나갔다 올게, 쉬고 있어. 두 시간이면 돌아 올 거여."

우리는 대부분의 시간을 섬의 끝과 끝을 걸어서 오갔다. 태양이 뜨겁게 내리쬐는 한낮에는 피부가 뜨겁다 못해 따가웠다.

"티티카카"라는 말에는 '모든 것이 시작되고 태어난 곳'이라는 뜻이 담겨 있다. 태초에 이 호수에서는 무슨 일이 일어났을까? 잉카의 신화가 탄생한 곳인 만큼 몽롱하고, 오랜 여운을 남긴 티티카카 호수. 이곳에서 보내는 하루하루는 그저 여유롭고 길게 지나간다.

섬마을 축제

주인아주머니가 학교에서 마을축제가 열린다며 함께 가자고 했다. 우리는 얼른 따라나섰다. 마을에 하나뿐인 학교에는 사람이 가득 모여 있었다. 우리는 형형색색의 볼리비아 전통의상을 입고 곱게 머리를 땋은 여인들 틈에서 섬마을축제를 보았다.

마을축제는 밤늦게까지 이어졌다. 덕분에 이날 들어온 여행자들은 난감해서 어쩔 줄 몰라 했다. 마을의 숙소나 레스토랑 모두 약속이라도 한 듯 문을 닫고 축제를 만끽했던 것이다. 축제가 끝나고 북소리와 나팔소리가 그친 늦은 저녁의 섬은 다시 여행객들을 맞이했다.

티티카카에서
웨딩촬영

해질 무렵 티티카카 호수는 아름다움을 더했다. 우리는 태양의 섬에서 웨딩촬영을 끝내고 곧 페루로 떠날 계획을 세웠다. 볼리비아 비자는 볼리비아 대사관에서 스탬프로 미리 받아야 하고 스탬프 비자를 받은 날로부터 30일 안에 볼리비아에 입국해야 한다. 그리고 입국 후 30일간 머물 수 있다. 우리는 볼리비아에서 한 달을 꼭 채워 머물렀다. 알찬 볼리비아 여행이 끝나가고 있었다.

느리게 지낸 태양의 섬에서의 하루하루. 우리의 여행도 천천히 깊어지고 있었다. 옷은 낡아지고 티셔츠는 목이 다 늘어나고 웨딩드레스와 흰색 와이셔츠도 빛이 바래갔다. 올이 풀린 곳도 있었고, 양말은 닳아 구멍이 났고, 살이 빠져 바지는 점점 헐렁해지고 있었으며, 고추장은 이제 조금밖에 남지 않았다. 머리칼은 푸석해졌고, 피부는 검게 그을렸고, 눈가에 주름은 어제보다 하나 더 늘어 있었다.

조금은 힘들지만 괜찮다. 훗날 이 시간을 얼마나 그리워 할지 잘 알고 있으니.

고마워, 오늘도

여행은 숙성된 와인처럼 점점 깊어지고
우리 눈빛은 반짝반짝 길 위의 모든 걸 받아들이고 있다
오늘도 바람과 태양과 별과 달에게 고맙다고 이야기한다

볼리비아, 티티카카 호수

경쾌한 국경 마을,
코파카바나

태양의 섬을 뒤로하고 다시 국경마을인 볼리비아의 코파카바나로 돌아왔다. 태양의 섬에서 코파카바나로 돌아온 날은 일요일. 다른 도시를 오가는 버스와 거리에 좌판을 펼친 상인과 오가는 사람들로 정신이 없었다. 하지만 조용한 태양의 섬에서 오래 머문 탓인지 그 모습이 왠지 경쾌해 보였다. 먼지가 가득하고 분주한 코파카바나에서는 하루만 머물고 페루의 푸노로 넘어가기로 했다.

오늘 우리의 미션은 가능한 저렴한 숙소에 머물면서 남은 볼리비아 돈으로 맛있는 걸 많이 먹는 것. 우선 1인 침대 두 개가 놓여 있는 30볼짜리 숙소를 잡았다. 저렴한 만큼 말도 못하게 지저분했고 공동화장실은 최악이었지만, 상관없었다. 내일 아침 바로 페루의 푸노로 향하는 첫차를 타러 갈 것이므로.

볼리비아에서의 마지막 밤. 우리는 거리에서 군것질거리를 먹고 맥주와 커피 몇 잔을 마셨다. 시장통에서 현지인들과 어울려 송어튀김인 트루차를 먹고, 아이를 가슴에 안은 여인에게서 작은 봉지로 파는 에스프레소 커피가루 몇 개를 구입했다. 그러고도 돈이 남아 샴푸와 통통한 비누 한 개를 샀다.

한데 커피 팔던 여인이 자꾸만 눈에 밟혔다. 남미 최대 빈민국 볼리비아. 시작도 끝도 알 수 없는 가난은 아마도 여인의 품에 잠들어있던 아이에게까지 이어질 것이다. 그 여인의 눈빛도 다른 볼리비아 사람

들의 그것처럼 깊고 깊었다. 어른, 아이 할 것 없이 품고 있는 순수한 눈동자는 언제나 나를 움츠러들게 했다. 늘 뭔가 알 수 없는 죄책감에 사로잡히게 만들었다. 어눌한 에스파뇰로 길을 물으면 자세히 알려주려 애쓰던 사람들. 그들의 따뜻하고 다정한 눈빛. 카메라를 들이대기 두려울 만큼 크고 맑은 눈동자는 모두가 하나의 잔잔한 바다였다.

바다를 닮은 깊은 눈동자는 문득 문득 내게 물었다. 너는 아직 그대로냐고. 그때마다 나는 답했다. 나는 여전히 센티하고 고집 세고 변함없이 못돼 먹었다고. 이 여행이 끝나도 아마 그대로일 것이라고. 태초에 가지고 있던 것들은 변하지 않을 것이므로.

10년을 기다려 마침내 도착한 우유니 소금사막과 티티카카 호수의 아름다운 모습. 그 땅에서 살아가는 사람들의 맑은 눈동자. 모두 간직하고 기억을 저장한 여행자는 다시 떠난다. 아디오스, 볼리비아!

South America Peru

남아메리카 페루

길을 잃고
비로소 보이는 것들

우리는 걸었고, 너무나 많은 것을 보았다.
세상이 이제야 내가 보이냐고 말을 걸어왔다.

푸노의 갈대섬,
우로스

오전 7시. 어제 예약해 두었던 코파카바나 거리에 있는 여행사에 갔다. 버스는 열댓 명의 승객을 태우고 오전 8시에 출발했다. 국경을 넘어 3시간 반가량을 달린 버스는 푸노의 작은 터미널에 여행자들을 내려두고 떠났다.

볼리비아와 국경을 마주한 페루의 작은 마을 푸노. 우리는 쿠스코로 들어가기 전 이곳에 잠시 머물기로 했다. 국경을 마주한 페루의 푸노와 볼리비아의 코파카바나는 거대한 티티카카 호수를 함께 품고 있었다. 그리고 푸노의 티티카카 호수에는 갈대로 만든 인공섬, 우로스가 있었다. J는 그곳에 꼭 가보고 싶어 했다.

푸노의 우로스 섬은 '토토라'라는 갈대를 엮어 만들어졌다. 원주민들은 갈대로 만든 섬 위에 갈대를 엮어 집을 세우고 돼지나 닭을 키우며 살아갔다. 그 모습이 언론에 소개되자 세계 곳곳에서 관광객들의 발길이 이어졌고, 지금은 상업적으로 많이 변한 모습이었다.

J는 너무 보고 싶었다며 갈대로 엮은 섬과 집을 꼼꼼히 둘러봤다. 이곳은 야만적인 잉카제국의 침략을 피해 티티카카 호수로 숨어든 우로스 부족이 만든 삶의 터전이라고 한다. 살기 위해 사람들은 갈대를 쌓고 쌓아 땅을 만들고 집을 세웠던 것이다.

우로스 섬에서 나와 쿠스코로 향하는 밤버스를 기다리며 터미널에 앉아 페루 사람들을 관찰했다. 확실히 볼리비아 사람들보다 여유

가 느껴졌다. 당장 사용할 달러 100불을 272솔에 환전하고 아직까지
는 그다지 느낌이 좋지 않은 페루를 받아들이려 노력했다. 한국과 시
차 14시간. 이젠, 페루다.

잉카제국의 수도
쿠스코

현재 페루의 수도는 리마지만 16세기까지는 쿠스코가 거대한 잉카
제국의 수도였다. 지금 우리가 걷고 있는 이 길 위로 그 옛날 잉카의
후예들도 지나갔겠지. 그들의 발자국 위로 씩씩하게 걸음을 옮겼다.
그들은 지금 어디쯤 가고 있을까. 이 생 너머 저 생. 그곳에서도 영화
로운 잉카문명을 꽃피웠을까. 오늘 우리가 남긴 발자국 위로 훗날 또
어떤 이들이 지나갈까.

우리는 커피를 마시며 마추픽추에 어떻게 갈 것인지 의논했다. 대
부분의 여행자들은 마추픽추에 가기 위해 쿠스코에 들렀다. 하지만
마추픽추가 아니더라도 쿠스코 인근에는 멋있는 곳이 많았다. 나는 J
에게 말했다.

"아무래도 쿠스코에 좀 오래 머물러야 할 것 같아."

오래 머물자면 괜찮은 숙소를 구하는 것이 중요했다. 우리는 먼저
이곳에 있다는 한국식당 '사랑채'로 찾아갔다. 사랑채는 2004년 코이
코 단원으로 페루에 왔다가 정착한 한국인 부부가 운영하는 민박 겸

식당으로 한국문화원이기도 했다.

사장님은 페루의 커피나무를 한국에 보내 커피와 관련된 수익금으로 페루 빈민가를 돕고 계셨고, 주말에는 거리에서 노숙자들에게 빵을 제공하는 등 다양한 봉사활동을 하셨다. 그 부부는 내 마음을 움직였고, 한국 밥을 먹는다는 핑계로 사랑채에 자주 찾아가 사장님 부부를 만났다. J는 사장님과 깊은 대화를 나누며 뭔가 깨달음을 얻고 자기성찰의 시간을 가지는 듯 했다.

사랑채에 가면 사장님은 꼭 소주를 주셨다. 우리는 낮술을 함께 마시며 이런저런 이야기를 나눴다. 외국에서 값비싼 소주를 찌개와 먹을 때면, 난 이곳이 페루가 아닌 한국의 어디 변두리 도시에 있는 듯한 느낌을 받았다. 우리는 언젠가 제주에서도 만나자며 술잔을 기울였다. 좋은 인연으로 두고두고 만나고 싶었다.

이렇게 예상치 않게 쿠스코에서 오랜 시간을 머물고 있었다. 우린 마추픽추에 가기 위해 쿠스코에 왔지만 사실 마추픽추에는 그다지 관심이 없었다. 다만 어떤 방식으로 그곳에 갈 것인가를 두고 며칠째 고민 중이었다. 아르마스 광장에 앉아 오가는 사람들을 구경하며 햇볕을 쬐는 건 늘 기분 좋았다. 처음 볼리비아 국경을 넘어 푸노에 막 도착했을 때만 해도 잔뜩 긴장했던 우리가 아니던가. 한데 지금은 이렇게 편안해도 될까 싶을 정도로 페루의 매력에 빠져들었다. 오랜만에 몸도 마음도 휴식하는 중이다.

마추픽추를 향해 며칠을 걸었다
그 속에는 다른 길이 있었다

위대한 잉카문명의 대표 유적지 마추픽추. 여행자들은 그곳에 가기 위해 여행사 투어나 값비싼 열차를 이용했다. 하지만 우리의 선택은 캠핑과 걷기. 우리는 쿠스코 시내의 한 상점에서 가장 저렴한 가격으로 텐트와 매트, 스틱, 두터운 오리털 침낭 등 세세한 캠핑용품을 빌렸다. 우리는 야영에 필요한 장비들을 어깨에 짊어지고 잉카인들이 걸었을 산길을 직접 걸어 4~5일 후 마추픽추에 도착하기로 계획했다. 이때까지만 해도 우리는 마추픽추에 갈 것이라 믿어 의심치 않았다.

쿠스코 시내를 약간 벗어난 작은 터미널에서 깔까 지역으로 가는 버스에 올랐다가 다시 라레스에 가는 버스로 갈아탔다. 작은 마을 라레스에 내린 우리는 산길을 따라 걷기 시작했다. 얼마 걷지도 않았는데 지대가 높아 숨이 턱 끝까지 차오르며 심장이 터질 듯 두근거렸다. 그렇게 몇 시간을 걸었다. 그 옛날 잉카인들은 이 깊은 산속에서 살며 왕의 명령을 전달하기 위해 수십 리를 걸었을 것이다. 캠핑장비를 모두 짊어진 J는 걷고 쉬기를 반복하며 힘든 산길을 묵묵히 올랐다. 내 작은 가방에는 먹을 양념과 야채, 과일, 빵뿐이었지만 그 무게는 마치 전생의 업보처럼 두 어깨를 짓눌렀다. 아아, 그야말로 오르막의 연속이다.

잔뜩 찌푸렸던 하늘에서 결국 후두둑 빗방울이 떨어졌다. 그러더니 얼마 지나지 않아 세찬 빗줄기가 쏟아지기 시작했다. 땀에 젖었던 몸에 빗물이 스며들자 온몸이 무거워지면서 한기가 파고들었다. 다리에 힘이 풀리고 숨이 턱까지 차올랐다. 왜 이런 힘든 여행을 선택했는지 눈물이 날 것 같다.

그때였다. 어디선가 나타난 청년(전생에 잉카의 후예였을 것으로 보이는)이 내 작은 가방 두 개를 제 어깨에 둘러메더니 앞질러 걸어 나가는 것이 아닌가. 그는 비를 맞으며 묵묵히 걸음을 옮겼다. 하지만 빗줄기는 점점 더 굵어졌고, 나무뿌리에 고여 있던 물이 질퍽한 흙탕물이 되어 산줄기를 타고 흘러내리기 시작했다. 길은 너무 질퍽거렸고 미끄러웠다. J가 말했다.

"이대로 갈 수는 없겠어. 너무 위험해."

그날, 우리는 내 가방을 들어줬던 청년의 집에서 하룻밤 신세를 졌다. 그는 스물여섯의 청년이었다. 네 식구가 방 하나, 부엌 하나로 이루어진 집에서 기니피그, 큰 토끼 두 마리, 돼지 한 마리, 누런 개 한 마리, 고양이 한 마리, 그리고 닭과 오리 몇 마리와 함께 살고 있었다.

청년은 다락에서 똥이 덕지덕지 묻은 알파카 가죽을 가져와 우리의 침대를 만들기 시작했다. 그러고는 그 위에 몇 장의 낡은 담요를 깔았다. 말없이 잠자리를 만들어 주는 그의 뒷모습이 마치 팔십은 더 된 노인처럼 느껴졌다.

어둠이 더 짙어지자 삐걱거리는 나무문이 덜컹 열리더니 커다란 비닐을 뒤집어쓴 또 다른 사내가 들어왔다. 청년의 큰형이었다. 그는 이웃마을에서 집 짓는 일을 한다고 했다. 이 깊은 산 속에서 옆 마을이

란 어디쯤일까. 슬리퍼 사이로 보이는 흙과 풀로 범벅이 된 투박한 검은 발은 비오는 어두운 밤 힘겨웠을 귀갓길을 짐작케 했다.

우리는 아궁이 앞에 모여 앉아 나뭇가지를 불속에 넣으며 언 몸을 녹였다. 청년의 어머니는 아궁이에 불을 지펴 쌀과 물이 담긴 냄비를 올렸다. 쌀이 익는 동안 검은 카카오를 직접 칼로 슥삭슥삭 갈아 주전자에 넣고 만든 따뜻한 코코아를 잔에 따라주었다. 그녀는 뜨거운 코코아 잔 속에 갓 볶은 옥수수를 집어넣더니 후루룩 마시라는 시늉을 했다. 달콤한 숭늉처럼 아주 맛이 좋았다.

아궁이에는 잘 익은 밥 냄새가 나기 시작했다. 우리는 염치가 없어 가져온 식량을 꺼냈다. 슈퍼마켓에서 샀던 초콜릿 과자와 빵, 음료와 딸기잼이 전부였는데 가족들은 마치 처음 보는 물건인 것처럼 신기해하며 모든 것을 깨끗하게 비웠다.

하나뿐인 방에는 전구가 없었다. 흙벽돌을 쌓아 만든 방에는 외부의 한기가 그대로 스며들었고 내리는 빗소리가 귓가에 맴돌았다. J와 나는 그들이 만들어준 간이침대에 서로의 등을 기댄 채 모로 누웠다. 집에 전기가 들어오지 않아 잠을 청하는 시간은 태양이 사라진 저녁 7시.

가축들도 추운지 꽥꽥 거리며 울었고, 어두운 방 안에서는 가족들의 대화가 오갔다. 아무리 들어봐도 에스파뇰이 아닌 듯 했는데, 나중에 알고 보니 잉카부족 언어인 케추아어였다. 나는 웬일인지 밤새 악몽에 시달렸다. 그러다 오리들 울음소리에 이른 시각 새벽잠에서 깼다.

우리는 그들에게 얼마의 돈을 주기로 하고 포터, 즉 짐꾼이 되어 줄 수 있는지 물었다. 그는 흔쾌히 함께 가겠다며 웃었다. 청년의 어머니는 산을 넘으며 가는 길에 먹으라며 엄지손톱만한 크기의 볶은 콩을 주머니 가득 넣어주었다. 그 콩에서는 검은 불 맛이 났다.

우리와 달리 잉카인들은 다리와 목이 짧고 가슴이 굵다. 산에 적합한 몸을 지닌 그들이 산을 오르는 속도와 호흡하는 능력은 도무지 따라갈 수가 없을 정도다. 그는 그 무거운 배낭을 메고 오르막길뿐인 안데스 산맥을 토끼처럼 빠르게 올라갔다. 짐 없이 올라가도 힘든 나는 숨이 차서 도저히 따라갈 수 없었던 그 빠른 걸음. 숨 조절을 못해 내 심장은 터질 듯 쿵쾅거렸고 두 다리는 힘에 부쳐 바들바들 떨렸으며 운동화를 신었음에도 발바닥에서는 불이 났다. 스물여섯 잉카의 후예는 고무밴드로 만들어진 슬리퍼를 신고도 험난하고 높은 산을 잘도 올랐다. 나중에 알았지만 그 슬리퍼는 폐타이어로 만들어진 3솔짜

리 슬리퍼였다.

다섯 시간을 걸어 도착한 어느 산속 마을에서 청년은 우리에게 다른 포터를 구해주었다. 그는 오후에 시내로 나가야 한다고 했다. 약속했던 돈을 건네받은 잉카의 후예는 웃으며 사라졌다. 그는 왔던 길을 따라 다시 다섯 시간을 꼬박 걸어 집으로 돌아갈 것이었다.

* * *

말도 못하게 순수하고 맑은 눈빛을 지닌 새로운 포터와 함께 우리는 다시 걷기 시작했다. 그 역시 발가락이 다 보이는, 폐타이어로 만들어진 슬리퍼를 신고 있었다. 배가 고파 우리는 바람이 부는 바위에 앉아 캠핑용품을 꺼내 함께 밥을 지어 먹었다. 그는 통 말이 없었지만 따뜻한 미소를 자주 지었다.

몇 시간을 걸었을까. 또 다시 비가 내리고 우박이 쏟아지기 시작했다. 나는 지쳐가고 있었다. 자꾸만 뒤처지는 나를 J가 이끌었다. 저 앞으로 무거운 배낭을 등에 메고 짐승처럼 묵묵히 산을 넘어가는 포터의 뒷모습이 보였다. 그 모습은 왠지 내게 잔인한 기억으로 남았다. 그는 몇 시간동안 한 번도 쉬지 않았고, 배낭을 내려놓지도 않다. 우리가 뒤처지면 자리에 서서 묵묵히 기다렸고, 우리가 보이면 다시 앞으로 나아갔다.

그러다 어느 광야에서 말을 가진 농부를 만났다. 우리가 돈을 지불하고 그 말을 타도 되겠느냐고 물었다. 농부는 한 치의 망설임도 없이 고개를 끄덕이더니 재빨리 말을 끌고 산길로 나왔다. 그렇게 해서 J와 나, 짐꾼과 말몰이꾼이 함께 마추픽추를 향해 걷게 되었다. 힘들었던 나는 말 등에 올라탔지만, 왠지 마음이 편치 않았다. 우리는 어느새 지도에서 벗어나 첫날 만났던 잉카의 후예가 알려주었던 길로 들어섰다. 그 길은 험난했지만 현지인의 모습을 볼 수 있었다.

약속한 장소에 도착하자 말몰이꾼과 짐꾼에게 비용을 지불하고 우리는 다시 헤어졌다. 떠나기 전, 작은 가게에서 물과 콜라를 사서 그들에게 건넸다. 그들 역시 잉카의 후예가 그랬듯이 이 늦은 시간에 다시 몇 시간을 걸어서 집으로 돌아가야 할 것이다. 하지만 그런 것은 아무 상관없는 듯 보였다.

그날 밤, 우리는 물소리가 들려오는 계곡 근처 마을에 텐트를 쳤다. 주워온 나무로 불을 피워 몸을 녹이고 밥을 지어먹은 다음 텐트 안에 누웠지만 좀처럼 잠을 이룰 수 없었다. 새벽 3시쯤 옆에 누운 J가 갑자기 꺼이꺼이 울기 시작했다. 그 역시 나와 같은 생각으로 힘든 밤, 잠을 이루지 못했던 것이다. 나는 J의 어깨를 안아주었다. 씨발, 개 같은 세상. 우리는 텐트 안에서 꺼이꺼이 소리를 내며 울었다.

우리가 본 것은 너무나 잔인했다. 이 추운 날 잉카의 후예들은 양말도 없이 3솔짜리 폐타이어 슬리퍼를 신고 안데스 산맥을 하루에도 몇 번씩 오가며, 짐승과 함께 전기도 들어오지 않는 비좁은 방에서 잠을 잤다. 박음질이 튼튼한 내 좋은 운동화와 빗물이 스며들지 않는 레인 점퍼와 털모자는 부끄럽기 짝이 없었다. 조금만 걸어도 힘들어서 미

칠 것 같은 두 다리가 너무 창피했다.

짐승처럼 그 커다란 배낭을 메고 산을 오르던 남자. 헤어질 때 마지막으로 보았던 잉카의 후예는 슬리퍼 밴드도 다 끊어져 나가있었다. 훤히 드러나 보였던 거칠고 갈라진 검은 발. 그들은 우리에게서 얼마의 돈을 건네받고 환하게 웃으며 연신 고맙다고 말하며 안데스 산맥 속으로 사라졌다. 우리는 뒤늦은 후회를 했다. 왜 돈을 조금 더 주지 못했을까. 왜 내가 가진 것을 조금 더 나누지 못했을까. 두고두고 마음이 찢어지는 이 고통.

그날 밤, 우리는 마추픽추에 가지 않기로 결정했다. 며칠을 걸었고, 그 위대한 마추픽추가 이제 곧 모습을 드러낼 터였지만 우리는 이미 너무 많은 것을 보고 말았다. 마추픽추 입장료로 챙겨두었던 경비는 주말마다 노숙인들에게 빵을 나눠주는 쿠스코 사랑채 사장님께 건네기로 했다.

많은 관광객이 찾아와 잉카 트레일을 타기 위해 수십 수백 달러를 소비하고 있다. 그런데 그 많은 관광객이 찾아오는 마추픽추의 비싼 입장료는 대체 어디에 어떻게 쓰이는가?

우리는 며칠 동안 길 위에 세운 텐트 안에서 잠을 자며 마추픽추와 다른 방향으로 걸었다. 이번에는 짐꾼 없이 J가 배낭을 메고 걸었다. 나도 옆에서 묵묵히 걸었다. 길 위에서 만난 현지인들의 삶을 들여다보는 마음은 편치 않았다. 다섯 살도 안 되었을 사내아이는 곡괭이를 들고 흙을 팠고, 꼬마 아이들이 양말도 없이 맨발로 추운 겨울을 지

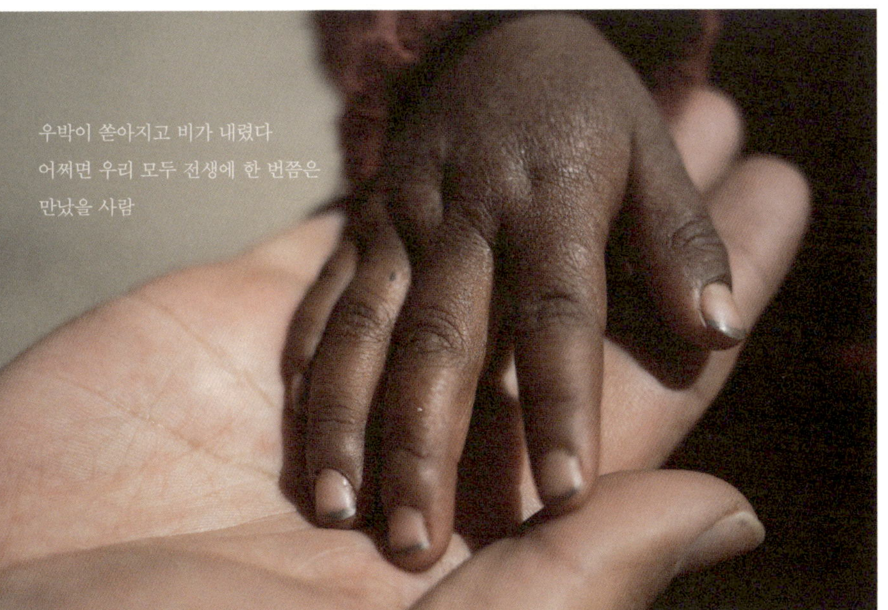

우박이 쏟아지고 비가 내렸다
어쩌면 우리 모두 전생에 한 번쯤은
만났을 사람

내고 있었다. 눈빛이 맑은 아낙들은 추운 겨울 물가에서 빨래를 했고, 콧물이 덕지덕지 묻은 낡은 옷을 입은 아기들은 호기심 가득한 눈으로 우리를 바라보았다.

우리는 걸었다. 그러자 그들의 삶이 눈에 들어왔다. 우리는 마추픽추에 가지 않았지만 사람들을 만났다. 지금 이 순간이 아니면 만날 수도 볼 수도 없는 잉카 후예들의 삶이 우리의 여행길로 들어왔던 것이다. 과거의 유적은 책으로 봐도 상관없었다.

우리는 이후로 한동안 힘든 시간을 보냈다. 숙소로 돌아와 따뜻한 물에 샤워를 하고 깨끗한 침대에 누우니 몸은 빠르게 회복됐지만 마음은 더 이상 예전 같지 않다. 우리는 걸었고, 너무나 많은 것을 보았다. 세상이 이제야 내가 보이냐고 말을 걸어왔다.

곡선이 아름다운 잉카 유적, 모라이

쿠스코에서 버스를 타고 외곽으로 가기로 했다. 목적지는 잉카문명이 남긴 농업기술연구소 모라이. 모라이는 직접 찾아가기에는 교통편이 불편했다. 인근에 다시 내려서 히치하이킹을 해 트럭을 얻어 탔다. 드디어 도착한 모라이 입구는 투어상품을 통해 이곳을 방문한 많은 관광객을 싣고 온 차량으로 가득했다. 입장료는 15솔. 역시 페루의 입장료는 너무 비싸다는 생각이 들었다.

동심원 형태의 계단식 농경지인 모라이는 잉카제국 시절 농지문제를 해결하기 위해서 계단별로 각기 다른 작물을 심어 연구를 했다고 전해진다. 위아래의 온도차이도 15도에 이른다니 잉카인들의 지혜가 새삼 대단하게 느껴졌다. 현재의 인류는 과거의 인류보다 발전 속도가 느리며 현재의 인류는 과거의 인류가 남긴 발자취를 따라갈 수 없다고 했던 책의 한 구절이 떠올랐다.

J는 살리네스 소금마을에도 가겠다면서 지도를 보며 산을 가로지르기 시작했다. 오늘도 그야말로 산 하나를 넘었다. 이제는 뭐 산 하나는 거뜬하게 넘는구나. 초원을 지나고 계곡물을 건너고 낭떠러지 끝 길을 아슬아슬하게 걸었다. 들판의 도깨비풀이 자꾸만 옷에 달라붙었다. 하지만 결국 길을 잘못 들어 4시간 동안 걷기만 하다가 살리네스 소금마을에는 가지도 못한 채 지쳐 돌아오고 말았다.

나중에 내려오고 보니 소금마을은 바로 눈앞에 있었다. 하지만 지쳐 버린 나는 그만 돌아가자고 J를 재촉했다. 이제는 높은 곳에 오르거나 산을 넘으며 길을 찾는 일에 익숙해질 만도 했지만, 내게는 여전히 너무 힘들었다. 산을 내려와 어딘지 모를 도로에 서있다가 히치하이킹으로 우루밤바 버스터미널로 향했다. 거기서 6솔을 주고 다시 쿠스코에 도착하니 밤이 되어 버렸다.

우리는 항상 길 밖의 길로 걷고 있었다. 대신 그 땅에서 살아가는 사람들을 자주 볼 수 있었고 유적지보다 더 멋진 풍광을 마주할 수 있었다. 바람이 불었고 햇볕은 강했다. 때로는 맑은 하늘에서 별안간 우박

이 쏟아졌다. 걸으면서 투덜투덜 J에게 짜증도 냈다. 쿠스코에 도착하자마자 한국식당 사랑채로 달려가 돼지고기를 넣고 끓인 김치찌개와 맥주를 주문했다. 쿠스코 맥주 한 모금에 길 밖의 길로 다니느라 지쳤던 몸과 마음이 스르르 녹았다.

페루, 쿠스코

쿠스코 아르마스 광장에서
웨딩촬영

쿠스코에 와서는 너무 게으름을 피웠다. 웨딩사진을 찍는 것도 까맣게 잊고 하루하루를 보냈다. 오늘은 페루 남동부에 위치한 푸에르토말도나도라는 아마존에 가는 날. 그동안의 방값을 계산한 뒤 마지막으로 아르마스 광장에 가서 웨딩사진을 찍기로 했다.

웨딩사진을 위해 흰 드레스와 와이셔츠를 입고 광장에 나가 여러 사람들의 도움으로 무사히 촬영을 끝냈다. 촬영 내내 수많은 관광객들과 현지인들이 우리 모습을 사진에 담으려 분주히 움직였다. 그래서였을까. 쿠스코에서 찍은 웨딩사진은 다소 어색하고 쑥스러운 모양새로 남았다. 그래도 괜찮다. 조금은 멋쩍고 어색했던 그 순간이 고스란히 사진에 담긴 것이니. 사람들과 함께했던 그 순간이 즐거웠으니.

또 하나의 가방
식량가방

부엌 딸린 숙소에 머물면서 요리를 하다 보니 빠졌던 살이 조금씩 붙기 시작했다. 떠나기 전에 사랑채 사모님이 나무젓가락과 라면스프 등을 챙겨주셨다. 이젠 배낭 말고도 식량가방, 부엌용품을 들고 다니는 가방이 하나 더 생겼다. 가방 안에는 휴대용 미니 버너, 작은 프라이팬과 밥을 할 수 있는 냄비, 간장과 기름, 소금과 후추, 아마존에서 먹을 쌀과 현지 라면까지 차곡차곡 담겨 있다. 볼리비아에서 샀던 커피가 떨어져 쿠스코 시내 카페에서 커피콩을 골라 에스프레소용으로 갈아 식량가방에 담았다.

아마존에 가면 또 어떤 일들이 기다리고 있을까, 여행이 얼마 남지 않았음을 새삼 느꼈다. 느리게만 간다고 생각했던 이 시간도 문득 빠르게 흐르고 있었다. 돈을 좀 아껴서 여행기간을 늘리고 싶다는 생각이 슬금슬금 고개를 들었다. 한 도시에 적어도 한 달씩 머무르고 싶은 건 아무래도 욕심일까.

아마존으로 가면 날씨가 쿠스코와 달리 꽤나 덥다고 한다. 벌써부터 마음은 살랑살랑 흔들리는 방갈로 해먹에 길게 누워 책 읽는 모습을 상상하고 있네!

아마존 숲으로, 뿌에르토 말도나도

페루와 볼리비아 국경에서 서쪽으로 55킬로미터 떨어진 곳에 위치한 아마존 숲 뿌에르토 말도나도. 불과 몇 년 전만 해도 이 열대우림 지역으로 가는 데 비행기나 버스로 일주일 이상 걸렸다고 한다. 이제는 페루정부가 길을 만들어 쿠스코에서 버스를 타면 9~10시간 만에 뿌에르토 말도나도에 도착할 수 있다. 남미 여행 중에 유독 버스 운이

좋지 않았던 우리는 처음으로 쾌적하고 깨끗한 버스를 타고 뿌에르토 말도나도에 도착했다.

한데 이곳은 우리가 생각한 열대우림의 자연 속에 위치한 소박한 마을이 아니었다. 오히려 신흥개발도시 같은 느낌이 강하게 들었다. 숙소도 쿠스코보다 비쌌고 거리에는 이상하게도 카페보다 펍과 같은 맥주집이 많아 좀 당황했다. 나중에 알고 보니 우리가 생각했던 열대우림 속 방갈로나 오두막은 배를 타고 강을 건너가야 있었다. 그래서 대부분의 여행자들은 투어상품을 이용해 아마존 숲을 탐험하고 며칠을 그곳에 머물며 자연과 함께 한다고 했다.

여러 여행사를 돌며 알아봤지만 투어상품을 이용하지 않고 여행자 스스로 찾아가는 일은 불가능하다는 답변만 돌아왔다. 아마도 이 지역 사람들이 담합을 한 모양이었다. 그래서 며칠을 머물며 아마존을 보려던 계획을 수정했다. 어쩔 수 없이 짧은 액티비티 투어를 경험한 후 바로 떠나기로 했다.

아마존 구역에서 짧은 일정을 소화한 뒤 바로 쿠스코를 거쳐 아레키파로 떠나는 버스를 예약했다. 물가가 비싸서인지 배낭여행자들보다는 빠른 일정으로 소화하는 패키지 스타일의 여행자들이 많았다. 현재 여행자가 볼 수 있는 구역의 아마존은 대부분 상품화된 상태였다.

어쨌든 일단 왔으니 우리는 아마존이라 불리는 이곳을 즐기기로 했다. 도착한 오두막에는 고요한 새소리와 사람 손을 많이 탔는지 애교 많은 돼지가 있다. 정글의 오두막에서 주는 식사를 하고 남은 시간은 해먹에서 낮잠을 잤다. 카약을 타고, 원숭이 섬에 가고, 정글이라 불리는 곳을 걷고, 몇 가지 활동적인 것들을 즐겼다. 카약을 타다가 죽은 악어 한 마리를 보았는데 뱀장어 같은 물고기들이 악어 뱃속으로 들어가 내장을 뜯어먹고 있었다. 이걸 본 J가 말했다.

"자연은 정말 깔끔하지 않니? 모든 게 남김이 없어. 모두 다 자연으로 돌아가는 일 뿐."

오아시스를 가진 사막 마을, 와카치나

아레키파에서 탄 야간버스는 꼬박 12시간을 달려 이카ICA에 도착했다. 사막마을 와카치나에서 샌딩보드를 타기 위해 계획에도 없던 걸음을 했다. 요즘 페루의 다양한 버스 회사를 골라가며 야간버스를 타는 재미에 빠졌다. 새벽 6시 반에 이카에 도착하니 역시나 제일 먼저 반겨주는 건 택시 기사들. 하지만 언제나 낯선 도시에 도착하면 일단 터미널 직원이나 경찰을 통해 우리가 가고자 하는 곳의 적정요금을 먼저 물어본다. 그런 다음 택시를 타고 몇 번의 흥정을 통해 목적지에 도착했다.

사막이라면 그 단어까지 사랑하는 우리에게 와카치나 사막은 그야말로 환상적인 곳이었다. 오아시스를 품은 호수 뒤로 높은 모래언덕이 자리한 사막마을, 와카치나. 마을을 둥그렇게 감싸 안은 모래는 끝

지금처럼 우리

그래, 우리 돌아가서도 잘 할 수 있어
지금과 같은 마음이라면
지금처럼 우리, 함께라면

도 없이 펼쳐졌고, 주민들은 오아시스 주변을 기점으로 관광업에 종사하며 살아가고 있었다. 즐겁고 재밌는 레포츠 때문일까? 마을 안에는 젊은 서양 여행자들이 많았다.

숙소는 대부분 사막을 등지고 자리해 있었다. 무언가 몽환적인 느낌이 드는 곳. 시선을 압도하는 거대한 모래언덕을 가진 이곳에서 50솔을 내고 더블룸을 잡았다. 우리는 바로 가방을 던져 버리고는 무작정 위를 바라보며 사막을 걸었다. 하지만 준비도 없이 고무신과 슬리퍼를 신고 나온 탓에 금방 지쳐버리고 말았다.

J는 꼭대기까지 올라가 아래를 내려다보고 싶다며 나를 이끌고 자꾸만 위로 올라갔다. 얇은 고무신 위로 태양에 잘 튀겨진 모래더미가 덮일 때면 비명이 절로 나왔다. 이 와중에도 나무보드를 들고 수십 분을 걸어 올라가 단 몇 초 만에 보드를 타고 모래 언덕 아래로 내려오는 여행자 몇 명이 보였다. 이 뜨거운 모래에 살갗이 쓸리면 너무 아프지 않을까?

숙소로 돌아오니 신고 있던 고무신이 뜨거운 모래에 말랑해져 잔뜩 늘어나 있었다. 발바닥은 불이 났고 온통 부었다. 우리는 해먹에 누워 정신없이 잠을 잤다. 문득 눈을 뜨니 어느새 어둠이 내려앉아있었다.

"사막에서 그대로 잠들 수 없지."

우리는 쏟아지는 잠을 떨쳐내고 펍으로 향했다. 몽환적인 사막의 밤. 우리는 맥주를 마셨고, 처음 만났던 인도의 사막을 이야기했고, 제주에 돌아가면 어떻게 살지 궁리했다. 여행이 깊어질수록 돌아가서 살아갈 일과, 해야 할 일과, 하고 싶은 일들에 대한 고민도 함께 깊어졌다.

"내가 있잖아, 나만 믿어."

든든한 이 한마디를 서로에게 던져 주며 쿠스케냐 맥주를 힘차게 건배!

말로 표현할 수 없어! 버기를 타고 샌딩보드!

버기투어는 '버기'라는 사륜구동 자동차를 타고 사막 위를 미친 듯이 질주하다 언덕 꼭대기에서 샌딩보드를 타고 내려오는 레포츠다. 오직 이 즐겁고 신나는 버기투어를 위해 이카의 와카치나 사막에 온 여행자들은 모두 아이가 된 것처럼 소리를 지르고 뛰며 사막을 오르고 모래 위를 굴러다녔다. 우리는 여행을 다니면서 사막이나 모래언덕에 자주 갔지만 샌딩보드를 탄 적은 없었다. 우리는 버기투어를 하면서 이런 생각을 했다.

'이 재밌는 샌딩보드를 왜 이제야 탔을까?'

모래 위로 부드럽고 빠르게 미끄러지는 샌딩보드도 재밌었지만, 그보다 더 스릴 넘치는 건 쥐를 닮은 자동차 버기를 타고 미친 듯이 질주해 쿵 하고 떨어지고 올라가며, 마치 롤러코스터를 타는 기분을 느끼는 것이다. 가이드 겸 운전사는 핸들을 잡는 순간 야성의 늑대로 변해 질주했는데, 처음에 우리는 그가 화가 난 줄 알았을 정도였다. 모래 언덕 위에 버기를 멈춘 가이드는 초 자른 것을 우리에게 건네며 그것을 샌딩보드의 아래에 바르라고 했다. 쓱싹쓱싹 초를 신나게 문지르면 더 빠르게 모래 위로 미끄러져 나가는 보드.

　여행자들은 서서도 타고, 앉아서도 타면서 모래 위를 구르고 넘어졌다. 부드럽게 미끄러져 내려가는 스릴은 그야말로 최고였다!

사막이 아름다운
이유

오아시스를 가진 사막 마을 와카치나를 처음 봤을 때 생텍쥐페리의 《어린왕자》가 떠올랐다. 사막이 아름다운 것은 어딘가에 우물이 숨어 있기 때문이라고 했던가. 와카치나의 사막도 그랬다. 반짝이는 오아시스를 품고 있었고, 그래서 아름다웠다. 그곳에서 찍은 웨딩사진 또한 무척 마음에 들었다.

편도티켓으로 제주에서 인천공항을 거쳐 태국으로 떠났던 지난 4월의 봄. 늦게 떠난 신혼여행은 이제 130일을 넘어서고 있었다. 웨딩 촬영은 계속 진행 중이었고, 몇 번인가 아주 크게 싸웠으며, 국경에서 헤어지기로 마음먹기도 했고, 이파네파 해변에서는 소중한 결혼반지를 잃어버리기도 했다. 그러는 동안 우리는 서로에게 상처를 입혔고, 눈물로 후회했고, 기꺼이 화해하고 끌어안았다.

사막 속 오아시스처럼 내 삶을 아름답게 하는, 소중한 친구이자 든든한 동지인 J. 찬밥에 뜨거운 물을 부어 장아찌만 놓고 먹어도 우리끼리는 부끄럼 없이 웃을 수 있다면 난 늘 기쁠 것 같다. 그와 함께라면 말이다.

페루. 이카

여기까지 오는 길이
멀게만 느껴졌네

드디어 페루의 수도 리마에 입성했다. '드디어'라는 부사를 앞에 붙인 이유는 리마까지 오는 거리가 꽤나 멀게 느껴졌기 때문이다. 남미 여행을 하면서 페루는 생각보다 먼 길의 연속이었다.

와카치나 사막을 품고 있는 이카에서 버스로 4시간 거리에 위치한 리마는 큰 도시임을 감안할 때 우리가 좋아하지 않을 것이 분명했다. 그래서 리마 터미널에 도착하자마자 페루 북부 바다 트루히요로 가는 버스를 예약해두었다. 표를 구입하면 터미널에 무료로 배낭을 맡길 수 있어 좋았다. 우리는 중요한 것들이 들어있는 작은 가방만 들고 시내 구경에 나섰다.

우리를 싣고 리마를 떠나 트루히요를 향해 달릴 야간 침대버스는 밤 10시 출발이었다. 아직 시간이 많이 남아 거리를 하염없이 걷고 아르마스 광장에 앉아 사람들을 구경했다. 그러다 문득, 어느 극장 앞에서 멈춰 섰다.

"시간도 많은데 영화나 한 편 볼까?"

페루 영화는 없었고 할리우드 영화가 여러 편 상영 중이었다. 마침 막 시작하려는 〈토네이도〉를 예매했는데, 영화 한 편 가격이 4솔로 팝콘과 콜라 세트가격 6.5솔보다도 저렴했다. 하지만 영화관은 생각처럼 좋지 않았고 좌석에는 시커먼 때가 붙어있었으며, 극장 안은 마치

콘서트홀에라도 온 듯 북적거렸다. 영화를 보면서도 사람들은 옆 사람과 큰 소리로 이야기를 나누었고 큰 소리로 웃고 손뼉을 치는 것은 물론 전화 통화까지 했다.

시끌시끌한 분위기에서 에스파뇰로 더빙 된 자연재해 영화 한 편을 보고 나자 야간버스를 탈시간이 다가왔다. 간단하게 커피 한 잔을 마신 후 페루에 와서 처음으로 2층 버스 침대칸에 올랐다. 그 덕에 편안하게 달콤한 꿈까지 꾸며 9시간을 달려 페루의 서북부 태평양 연안의 도시, 트루히요의 버스터미널에 도착했다.

사람들에게 묻고 물어 다시 미니 봉고버스를 두 번 갈아타 원차코에 도착했다. 배낭을 메고 이리저리 뛰다 보면 문득, 나 자신도 배낭과 함께 하나의 커다란 짐이 된 것만 같은 기분이 든다. 짐이 나인지 내가 짐인지 알 수 없을 만큼 지칠 때도 많았지만, 마음만은 너무나 평화로웠고 무엇보다 재미있다. 이것이 바로 배낭여행의 묘미일 것이다.

가이드북도 없이 여기까지 온 이유는 아마존 강에서 만났던 현지인의 추천 때문이었다. 여길 가면 서핑을 즐길 수 있고 맛있는 해산물도 싸게 먹을 수 있다고 했다. 게다가 다음 행선지인 에콰도르를 가기 전에 들릴 수 있다는 장점까지 있었으니 더할 나위없이 좋았다. 한데 어제부터 이카와 리마, 트루히요까지 페루 북부의 날씨가 좋지 않다.

바다를 끼고 있는 트루히요는 구름 가득한 회색빛 느낌으로 다가왔다. 얼마 만에 보는 바다였는지. 도시의 느낌이 어떠하든 바다는 언제나 우리를 설레게 했다. 하지만 이 바다를 보는 순간 우리는 누가 먼저랄 것도 없이 말했다.

"아. 제주 바다보다 못하다."

거리의 느낌도 썩 끌리지 않아 서둘러 에콰도르로 가기로 했다. 그래도 싸고 깨끗한데다 주인아주머니까지 무척 친절한 숙소를 구한 덕분에 3일 동안 머물기로 하고 바다 구경에 나섰다. 바다에는 몇 명이 서핑을 즐기고 있었고, 푸노에서 보았던 갈대 배 '토토라'로 카약을 타는 여행자들도 보였다. 며칠 머무는 동안 우리도 저 배를 타며 카약을 하고, 서핑 스쿨에 등록해 서핑을 배우기로 했다.

페루 여행은 서서히 끝을 향해가고 있었다.

원차코 해변에서 서핑 강습

트루히요에서 마을버스로 20분 거리에 원차코 해변이 있다. 이 바다의 파도는 물살이 제법 세서 서핑을 즐기는 사람들에게는 꽤 유명했지만, 제주에 사는 우리 눈에는 그저 파도가 센 바다일 뿐 별다른 아름다움이 느껴지지는 않았다. 여행자가 오랫동안 머물기에는 뭔가 부족하다고나 할까. 그래서인지 이 마을에서는 페루와 에콰도르를 넘나드는 여행자들이 2~3일만 머무는 경우가 대부분이다.

우리 역시 에콰도르로 가는 길에 트루히요에 잠시 머물며 원차코 마을로 찾아가 서핑 강습을 받았다. 해변가에 숙소를 잡고 친절한 서핑숍을 찾았다. 그리고 간단한 준비운동과 자세를 익힌 후 서핑을 즐

tagena
TAURANT
EBICHERIA
aco - Perú

겼다. 몇 번을 서핑보드에서 미끄러져 떨어지고, 파도에 밀려 바위에 부딪히고 다시 보드에 부딪히던 끝에 드디어 밀려오는 파도를 타고 그 위로 미끄러지듯 앞으로 나갔다. 물에서 하는 것은 무엇이든 언제나 나를 들뜨게 했고 에너지를 샘솟게 했다. 문득 남은 여행은 해변이나 바다에서 지내고 싶다는 생각이 들었다.

트루히요에 며칠 머물면서 J와 지도를 펼쳐놓고 환태평양 부근의 섬들과 가고 싶은 곳들을 둘러봤다. 아아, 세상은 넓었고 그만큼 가고 싶은 곳도 많았다. 여행경비는 늘 한정되어 있지만 지도를 보면 그저 꿈꾸듯 설레였다. 반드시 가고야 말겠다는 다짐 아닌 다짐이 생기기도 했다.

한정된 삶을 살아가고, 그 안에서 보고 느끼고, 한정된 사람들을 만나며 사는 것. 반대로 지구 위 세상 사람들의 삶을 들여다보고, 느끼고, 또 내 주변을 돌아보며 살아가는 것. 이미 세상을 여행해본 여행자는 전자의 삶을 살아가기에는 너무 많은 길을 걸어왔다. 그래서 또다시 그 고된 여행의 길로 걸어가는지도 모른다. 원차코에 와서는 하고 싶은 것과 가고 싶은 곳을 꿈꾸며 둘이 앉아 많은 이야길 나누었다.

South America Ecuador

남아메리카 애콰도르

07

때로는
이런 여행

국경에서 만난 낯선 사람.

국경에서 만난
낯선 사람

오랜 시간 머문 페루를 뒤로 하고 에콰도르에 가야겠다는 생각을 하면서 트루히요에서 야간버스로 툼베스라는 마을에 도착했다. 이제 곧 페루를 벗어나 에콰도르 국경으로 갈 것이다. 야간버스로 툼베스에 도착해 남은 20솔을 남김없이 다 썼다.

툼베스에서 에콰도르 과야킬이라는 도시로 들어가는 버스를 타니 버스 안에는 열대여섯 명 정도의 서양인들과 에콰도르 현지인들이 있다. 툼베스에서 출발한 버스는 30분가량 달려 바로 국경에 도착했다. 국경을 넘는 일은 언제나 설레고 긴장된다. 출입국관리사무소 직원 앞에 서면 더욱이.

페루와 에콰도르의 출입국 부스는 각 나라의 직원이 사이좋게 자리를 하나씩 차지하고 앉아있다. 출국도장을 받고 옆으로 그저 한 발자국 옮겨가는 정도의 친근한 거리. 페루 출국도장을 받고 에콰도르 입국심사를 받으니 직원은 에콰도르가 처음이냐고 물어보며, 에콰도르 지도를 정답게 건넸다. 우리는 관광지도를 받아들고 에콰도르의 지명을 보며 여기에 가볼까? 여긴 어때? 뭐 이런 대화를 나누는데 자꾸만 사람들이 다가와 말을 걸었다.

서양 사람들도 많았지만 여기서도 오직 우리 둘 뿐인 동양인이 신기한지 현지인들이 다가와 너네 어느 나라 사람이냐, 너네 옷 스타일

끝내준다, 너네 어디로 갈 거냐 등 호기심을 가지며 다가왔다. 그러던 중 영어가 유창한, 키가 작고 나이가 있는 아저씨 한 분이 다가와 에콰도르는 생각보다 위험하니 조심하라고 당부했다.

"과야킬 정말 위험해. 에콰도르에서 제일 위험하다고 할 수도 있어."

절대 아무 택시나 잡아타지 말아야 하며 뭔가를 물어보는 척하며 종이를 내밀어 코에 마취하는 수법에 걸리지 말라고 신신당부했다.

출입국 심사를 마친 후 7시간 만에 에콰도르 과야킬에 도착했다. 에콰도르는 남미에서 작고 가난한 국가라고 알고 있었는데, 마치 작은 공항처럼 생긴 큰 버스터미널에 도착해서는 깜짝 놀랐다. 꽤나 크고 거대한 터미널에 감탄하고 있을 때, 출국심사 때 만났던 나이 드신 에콰도르 아저씨가 우리에게 다가왔다.

"너희 어디로 갈 거니, 괜찮으면 우리 집으로 가자."

이들은 노부부였는데 페루 리마를 일주일 동안 여행하고 에콰도르 과야킬에 있는 자신의 집으로 돌아가는 중이라고 했다. 그들은 우리를 콜택시에 함께 태워줬다. 늦은 밤, 20여 분을 달린 콜택시는 과야킬 어느 고급빌라 단지로 들어갔다. 빌라 입구에서는 경호원 몇 명이 서서 들어오는 차량을 검사했다.

집에 도착하자 노부부는 우리에게 방 하나를 내주었다. 침대시트와 베개커버도 새 것으로 교체해주었고, 여행 중 모아둔 세탁물을 가져가 깨끗하게 세탁해주기도 했다. 우리는 함께 밥을 차려 먹은 후 와인 두 병과 맥주를 마셨다.

노부부는 50년 동안 미국에서 군인으로 살다가 은퇴하고, 고국인 에콰도르에 돌아와 산지 이제 막 4년이 된 에콰도르 사람들이었다. 집안 곳곳에 미국 성조기 장식품이 많았고 오바마 대통령과 함께 찍은 사진도 보였다. 국경에서 처음 본 낯선 여행자를 자기네 집으로 초대한 노부부. 그들은 독실한 크리스천이었는데 버스 안에서 우리를 봤을 때 "가서 저들을 도우라"는 신의 목소리를 들었다고 한다. 그리고 낯선 사람을 집에 이렇게 들인 것도 처음이라고 말했다.

그 말은 마치 수렁에 빠질 우리를 안전하고 편안한 곳으로 데려다 놓은 것처럼 느껴졌다. 악의 구렁텅이에서 건져진 여행자라고나 할까. 이상하게 우리도 어떤 의심도 없이 착한 어린아이처럼 여기까지 따라왔다. 낯선 사람을 이렇게 쉽게 믿어버린 것은 우리 역시 처음이었다.

브라질로 입국해 아르헨티나와 우루과이, 볼리비아와 페루 국경을 넘어오며 수없이 많은 사건사고 이야기들을 들었다. 새벽에 야간버스로 이동하던 중에 여행자 버스가 통째로 권총강도들에게 털린 이야기, 오물을 뿌려 돈이나 카메라를 빼앗는 수법이나, 강도에게 납치되어 며칠간 감금되었다가 빈 몸으로 거리로 던져진 여행자 이야기, 버스기사와 승객이 짜고 사기를 치며 복대를 노린다는 이야기, 남미는 위험해, 남미의 치안은 불안정하고 조심하지 않으면 모든 걸 털리는 건 한순간이야, 이런 이야기까지….

누군가 그런 이야기를 했을 때 한 귀로 듣고 한 귀로 흘려보낸 것이 사실이었다. 귀담아들으면 안 될 것 같았던 것이다. 자세히 들으면

왠지 그 파장이 내게 다가올 것 같아서 나는 늘 애써 외면하며 아무렇지 않은 척했다. 여행이 5개월째로 접어들고 있었다. 말도 많고 탈도 많은 남미 여행. 다행히 아직까지는 우리에게 위험한 일이 일어나지 않았고, 나쁜 사람도 만난 적 없었다. 우리는 그저 행운아인걸까?

국경에서 만난 생전 처음 보는 낯선 노부부의 넘치는 친절은 너무도 감사하고 고마울 따름이었다. 그들은 우리에게 여러 신기한 일들과 우주와 신에 관한 이야기, 에콰도르 사람들의 삶에 관한 이야기를 들려주었다. 이름도 모르는 이제 막 처음 본 먼 타국의 낯선 사람을 내 집, 내 공간에 들인다는 건 어려운 일이 분명했다. 오랫동안 생각해보았다.

나는 진정으로 낯선 이방인에게 빗장을 열고, 열린 마음으로 그들을 대할 수 있을까? 감사하고 고마운 일들이 겹겹이 쌓여가고 있었다. 너무나 고마워서, 너무도 감동스러워서 두 손을 공손히 모으고 꾸벅 인사를 하게 되는 일. 힘차게 포옹하고 눈빛을 마주하고 오랫동안 이야기를 나누는 일들이 말이다.

숙소가 아닌 누군가의 집에서 자는 것은 그야말로 포근한 '내 집' 같은 느낌이었다. 여러 사람이 사용하는 침대가 아닌 가족들이 사용했을 침대. 깨끗한 이불과 향긋한 베개. 여행경비와 카메라를 숨기지 않고 테이블에 올려놓아도 되는 안정감. 멈추지 않고 잘 나오는 수압 좋은 샤워기의 따뜻한 물. 차린 것이 없어도 식탁이 온통 가득 차 보이는 집 밥의 푸근함. 예쁜 잔에 마시는 따뜻한 차 한 잔. 모두가 참으로 오랜만에 느껴보는 기분이었다. 마치 익숙한 내 집에 머무는 듯, 모든 것이 편안했고 고마웠고 감사했다.

이 여행은 자꾸만 우리에게 고마운 마음을 가지게 한다.

미안, 갈라파고스 대신
몬타니타

남미 여행에서 내가 주목했던 곳은 에콰도르였다. 에스빠놀로 적도라는 뜻을 가진, 위도 0도의 선이 지나는 적도의 나라이자 페루와 콜롬비아 사이에 위치한 작은 나라.

특히나 갈라파고스에서는 바다사자와 펭귄, 바다거북과 이구아나를 섬 어디서나 볼 수 있고, 푸른발 부비새와 군함조가 암컷에게 구애하기 위해 풍선처럼 몸을 부풀려 붉은 턱시도를 뽐낸다. 또한 스킨스쿠버와 스노쿨링을 통해 최고의 바다를 만날 수 있는 곳이었다. 하지만 역시나 아름다운 만큼 우리에게는 치명적인 여행경비의 지출이 예상되는 곳이다.

과야킬에서 비행기로만 들어갈 수 있다는 왕복항공권을 사야 했고, 섬에 들어가기 위해서는 인당 100불의 입장료를 지불해야 했으며, 스킨스쿠버 다이빙과 여러 섬을 돌며 지출될 비용은 남은 여행을 모두 포기해야만 감당할 수 있는 수준이었다. 우리는 이틀 동안 고심에 고심을 거듭했고, 쿨하게 마음을 접었다.

나는 오랫동안 갈라파고스 섬에서 바다사자를 옆에 두고 책을 읽는 우리 모습을 상상했었다. 아드리아해의 좋았던 기억이 그랬듯. 하지만 그저 짧게 며칠을 지내다 나오기에는 갈라파고스가 너무나 아까웠다. 우리는 결국 갈라파고스는 언젠가 아주 오랫동안, 한 달에서 두 달 가량 머물자는 결론을 내렸다. 못내 아쉬웠지만 우리는 그만 미련을 버렸다. 훗날을 기약하면서.

대신 우리가 차선책으로 선택한 곳이 바로 이곳 몬타니타였다. 이곳은 인도의 고아와 어딘가 닮아있었다. 그래서 우리는 인도 고아에서의 기억을 떠올리며 오래도록 이야기를 나누었다. 이제 막 사랑이 시작되었던 그때의 기억을 소중하게 추억했다.

몬타니타에서 한 시간 거리에 있는 라플라타 섬은 펭귄과 바다사자는 볼 수 없지만 군함조와 푸른발 부비새, 열대어와 바다거북, 바다를 날아오르는 거대한 혹등고래를 볼 수 있는 곳이었다. 국경에서 받은 에콰도르 지도를 펴고 갈라파고스 대신 이곳에 가야겠다며 동그라미를 쳤다.

몬타니타의 해변은 파도가 세서 서핑을 즐기는 여행자들이 많았고 외국인들이 많이 오는지 물가는 한국과 별반 차이 없었다. 숙소는 저렴한 대신 식당의 가격은 10~15불정도. 여행자들이 망중한을 즐기며 지내기에는 부담스러운 곳이라 대부분 며칠 머물지 않고 떠나는 곳이었다. 여기서 만난 독일 친구도 이곳 물가에 놀라더니 이틀 만에 다른 도시로 떠나버렸다.

J는 배탈이 나서 며칠째 입맛도 기운도 없었다. 아무래도 길에서 사

먹은 햄버거와 꼬치가 문제였던 모양이다. 몬타니타 거리에는 칵테일도 많고 과일주스도 많았는데 J는 그 좋아하는 길거리 음식을 하나도 먹지 못했다. 몬타니타를 벗어나면 바로 에콰도르의 수도 키토로 들어가 콜롬비아로 가기로 했다.

에콰도르는 너무 쉽게 우리를 단념시켰다. 하지만 여행자는 결코 주저앉지 않는다. 어떤 상황이 닥치더라도 다시 지도를 펴고 새로운 꿈을 꾼다. 절대 주저앉지 않고 다시 앞으로 나아가는 것. 그것이 여행. 또한 그것이 인생.

파도에
휩쓸리다

파도에 휩쓸리는 건 정말 한순간이었다. 특히나 세찬 파도가 몰아치는 몬타니타에서는 그야말로 정신이 혼미할 지경이었다. 우리는 거리의 레포츠 상점에서 엎드려 타는 보드를 빌려 바다로 나갔다. 몇 번 파도타기를 즐기다 J는 파도와 함께 앞으로 나아갔지만 난 순식간에 파도에 휘감겨 바닷속으로 빨려들고 말았다. 그렇게 두어 번 자꾸만 밀려오는 파도에 휘감기고 있는데 나를 발견한 J가 소리를 지르기 시작했다.

"뭐 하고 있어! 발차기를 해서 어서 빠져 나와!!"

몇 번 파도에 휩쓸려 물을 잔뜩 먹고, 자꾸만 밀려드는 파도에 정신을 못 차리고 있는데 멀리서 J가 사력을 다해 다가오는 모습이 보였다.

"J! 제발 날 살려줘!"

나는 온 힘을 다해 외쳤다. 가까스로 J가 내 손목을 잡았다. 그리고 물 밖으로 끌려 나왔다. J가 하는 말이 손을 잡기 직전 바로 등 뒤에서 집채만 한 파도가 입을 쩍 벌린 채 나를 집어 삼키려고 사력을 다해 달려오고 있었다고 했다. 거대한 파도가 어찌나 무시무시하던지 그 짧은 몇 초 동안 이런 생각을 했단다.

"아, 이렇게 라라랑 헤어질 수도 있겠구나, 나 혼자 어찌 살지?"

그러고는 죽을힘을 다해 파도로 뛰어 들어 정신을 잃어가는 나를 건져냈다고 했다. 물 밖으로 나온 난 물을 잔뜩 먹어 정신이 없었고 J 는 놀란 가슴을 쓸어내리느라 정신이 없었다. 파도의 힘은 정말 대단 해서 순식간에 사람을 둥그렇게 말아 바닥을 향해 수직으로 메다꽂는 다. 그 와중에도 계속 뒤에서 밀려오는 파도의 힘에 사람은 계속 쓸려 가며 물을 먹어 숨을 쉴 수 없게 되는 것이다. 그렇게 파도에 뒹굴다 나오니 J가 나를 와락 끌어안았다.

"정말 여기서 우리 굿바이 하는 줄 알았어, 그 찰나의 순간에 나 혼 자 어떻게 살아가지 이랬다니까! 너 없이 나 혼자 한국에 돌아가는 상 상을 했더니 아찔하더라!"

아… J의 말이 내 마음을 울렸다. 난 그 말의 의미를 잘 알고 있었 다. 모든 삶이 그러하겠지만, 여행을 하다보면 낯선 곳에서 절체절명 의 순간을 맞이할 때가 있다. 오늘처럼 말이다. 나는 그에게 고맙다 는 마음을 전했다. 그가, 진심으로 고마웠다. 나와 살아줘서 고마웠

고, 나를 살려줘서 고마웠다. 그리고 앞으로도 그와 함께 살아갈 수 있어 고마웠다.

우리는 두 시간 동안 빌리기로 한 보드를 40분 만에 서둘러 반납했다. 숙소로 돌아와 샤워를 한 뒤 오늘 저녁은 특별히 맛있는 걸 먹자며 밖으로 나갔다. 우리는 레스토랑에서 맥주 여러 병과 양념치킨과 세비체를 시켜 파도에 빠졌던 이야기를 안주 삼아 밤새 마셨다. 그래도 살아나왔으니 이런 이야기가 안줏거리가 된 거지, 난 정말 큰일 날 뻔했다고!

날개를 단 고래를 보는 곳
라플라타 섬

사람들의 환호성이 이어졌다. 바다 한가운데에서 고래들이 푸른 날개를 단 듯 허공으로 날아오르고 있었다. 혹등고래 새끼는 길이가 5~6미터 정도인데 아기 고래와 함께 바다를 가로지르는 어미의 길이는 무려 11~16미터에 이른다. 어미 고래를 열심히 따라가는 새끼고래의 날갯짓이 대견했다.

스무 살 무렵, 바다를 힘차게 뛰어올라 황금 태양을 품에 안는 고래를 만나는 상상을 했었다. 상상 속 고래가 지금 내 눈앞에서 검푸른 등을 내보이며 황금 태양을 향해 날아오르고 있는 것이었다! 나는 물

개처럼 소리를 지르며 흥분했다.

에콰도르는 생물 다양성이 풍부한 17개 나라 중 하나다. 갈라파고 스 제도처럼 라플라타 섬 역시 다양한 생태계를 관찰하기 좋은데, 유 유히 헤엄쳐 다니는 바다거북과 형형색색 아름다운 물고기와 산호를 보며 스노쿨링을 즐길 수도 있었다. 신비로운 색을 가진 푸른발 부비 새와 군함조가 살아가는 새들의 천국. 이 섬은 멀리서 보면 흰색으로 반짝였는데 새의 배설물 때문이라고 했다. 그래서 은의 섬 즉, 라플 라타라고 불렸다.

비록 갈라파고스 제도는 아니지만, 고래를 가까이서 봤다는 사실 만으로도 라플라타 섬은 좋은 기억으로 오래 남을 것 같았다. 그런데 페루를 떠나면서 길에서 사먹은 꼬치 때문에 에콰도르에 오고 나서 도 계속 고생하는 J를 보니 아무래도 오래 머물기는 힘들 듯했다. 서 둘러 떠나야겠네!

어쩌면 여행은

모든 것을 다 할 수도, 모든 것을 다 가질 수도 없다
여행은 어쩌면 또 다른 현실
쉴 새 없이 꿈을 꾸고, 미련 없이 포기한다
지금 이 순간에도

서둘러 떠난 에콰도르,
국경을 넘어 콜롬비아로

몬타니타에서 키토로 가기 위해서는 과야킬로 다시 돌아와 출발하는 방법이 가장 편리했다. 몬타니타의 작은 터미널에서 3시간가량 달려 과야킬에 도착해 밤 8시 30분쯤 수도 키토로 들어가는 야간버스를 예약했다. 버스비는 터미널 이용료를 포함해 단돈 5볼. 에콰도르 버스는 남미에서 가장 저렴한 가격을 자랑했다.

그렇게 버스를 타고 에콰도르의 수도 키토에 도착했다. 곤히 잠들어 있었는데, 사람들이 깨워 허둥지둥 버스에서 내리고 보니 새벽 4시였다. 이 시간에 밖으로 나가기에는 아무래도 무리라 키토의 터미널 의자에 앉아 날이 밝을 때까지 기다리기로 했다. 키토의 터미널은 무척 컸고 남미 여행 중에 흔히 마주쳤던 인디오족도 보이지 않았다. 그러고 보니 에콰도르에 오고는 인디오족을 보지 못했다는 걸 그제야 깨달았다. 페루나 볼리비아에서는 잘 보지 못 했던 백인처럼 얼굴이 하얀 이국적인 얼굴의 여자들도 많이 보였다.

키토의 숙소에서 이틀간 푹 쉬며 다시 몸과 마음을 재정비한 우리는 서둘러 콜롬비아로 떠나기 위해 배낭을 들고 국경을 넘었다. 툴칸이라는 국경도시를 거쳐 콜롬비아의 이피알레스로 들어가 밤버스를 타고 콜롬비아의 수도 보고타로 들어갈 예정이었다. 대부분 여행자들은 칼리를 거쳐 보고타로 갔는데 우리는 중미로 올라갈 수도 있어 힘들지만 곧바로 보고타까지 가는 일정을 택했다.

버스비가 착한 에콰도르는 생각보다 잘 살았고, 깨끗했고, 예쁜 여자들도 많았다. 한데 예상했던 것과는 다르게 물가가 비싸게 느껴졌다. 남미 물가가 저렴하다는 얘기도 다 옛말인 듯싶었다.

세계 최대 마약수출국이자 여느 남아메리카 국가들 못지않게 위험하다고 알려진 콜롬비아. 정열적이고 섹시한 살사의 땅. 아름다운 미녀들과 내 콜롬비아 친구들이 사는 나라. 우리는 야간버스를 타고 보고타까지 한 번에 쭉 올라가기로 했다. 아침 10시에 에콰도르 키토의 숙소를 떠나왔으니 아마 보고타에 도착하기까지는 총 33시간가량 걸릴 듯했다.

달리는 버스 안에서 자꾸만 뒤를 돌아보았다. 갈라파고스가, 잠시 머물다 떠나온 땅 에콰도르에서 자꾸만 나를 부르는 듯했다.

돌아올게. 그리고 오래 머무를게. 그때까지 잠시, 안녕.

South America Ecuador

남아메리카 에콰도르

당신이
궁금해요

잦은 만남과 이별로 레몬처럼 얇게 저며진 마음이
초승달처럼 점점 더 가녀려진다.
어쩌면 여행은 그저 만남과 이별로 이루어진
둥근 공과도 같다는 생각을 했다.
그렇게 사람들이 가슴에 들어왔다가
다시 바람처럼 기약도 없이 떠나버리면
텅 빈 가슴에는 하루 종일 비가 내렸다.

뜨겁고도 강렬한 나라,
콜롬비아

늦은 밤, 보고타에 도착했다. 보고타 시내에 도착해서는 러시아워에 갇혀 길이 막히는 바람에 늦어도 너무 늦었다. 듣던 대로 늦은 밤의 보고타 거리는 약과 술에 취해 널브러져 있는 사람과 히피와 부랑자로 가득했다. 거리의 부랑자는 쓰레기통을 뒤져 오물로 뒤덮인 음식을 입에 집어넣고 있었다. 배낭을 메고 숙소를 찾아 걷고 있는데 덩치 큰 사내들이 따라오며 농담을 던졌고 뭔가에 취한 듯 휘청거리는 부랑자도 슬금슬금 다가왔다. 우리는 경계를 늦추지 않으며 가능한 사람들이 많은 거리로 나와 걸었다.

우리는 장시간의 버스이동으로 지쳐 있었고, 밤이 늦어 급한 대로 구한 숙소는 비싸고 마음에도 들지 않았으며, 밤거리는 생각했던 것보다 더 위험해 보였다. 오랫동안 굶어 배가 무척 고팠지만 늦은 시간이라 먹을 걸 사러 나갈 수도 없어 그냥 잠을 청하기로 했다.

다음 날, 다시 배낭을 메고 여행자들 숙소가 모여 있는 곳으로 찾아갔다. 낯선 곳에선 역시 여행자 거리로 가야 마음이 놓인다. 비슷한 누군가가 함께 있다는 사실은 언제나 큰 위안이 된다. 나와 닮은 사람. 나의 마음을 아는 사람. 그 모습 안에 내 모습이 있고, 그 마음 안에 내 마음이 있다는 것을 알기 때문일 것이다.

거리는 밤의 모습과 크게 다를 것 없었지만 낮의 보고타는 사람들로 붐볐고 활기찼다. 보고타는 내가 아르헨티나 부에노스아이레스에

LA CASITA
1378
12B-70
Se Teje
Trenzas
TATTOO

서 한 달 동안 머무를 때 만난 콜롬비아 친구들이 사는 곳이기도 했다. 그중 타투공부를 하는 디아나가 얼마 전 아르헨티나에서 귀국해 보고타로 돌아왔다며 메일을 보내왔다. 조만간 콜롬비아에서 색다른 재회를 할 듯했다.

콜롬비아의 수도 보고타에는 박물관과 미술관이 많았는데 심지어 무료로 운영되고 있었다. 남미 여러 나라의 독립을 이끈 독립영웅 시몬 볼리바르의 이름을 딴 볼리바르 광장에는 콜롬비아에서 가장 큰 대성당이 있었다. 특히 콜롬비아 태생 페르난도 보테로의 미술관은 정말 가고 싶었던 곳. 세계 유명 거장의 작품들을 유머스럽고 위트 있게 표현한 그의 풍성한 그림들을 모두 무료로 관람할 수 있었다. 보테로 미술관에 걸린 그의 그림처럼 보테로 아저씨 역시 인심 후하고 여유 넘치는 사람이 아니었을까.

우리는 보고타에 머물며 카페에 들어가 맛있는 커피를 탐하고 거리 이곳저곳을 걸었다. 어젯밤과는 달리 보고타가 갑자기 너무나 좋아지기 시작했다. 어쩔 수 없이 여행자는 이렇게 단순해진다니까. 처음 발을 디뎠던 남미 땅 브라질에서 지도를 펼쳐 볼때는 아, 언제 콜롬비아까지 올라가나 했는데 드디어 도착한 것이다. 그것도 육로로 말이다. 지도의 가장 북쪽에 자리 잡아 멀게만 느껴졌던 콜롬비아. 이곳에서는 또 어떤 일이 일어날까?

그녀를 보면
세상이 연결되어 있다는 걸 느껴

스물여섯의 콜롬비아 친구 디아나. 그녀는 아르헨티나 부에노스아이레스에 한 달 동안 머물 때 같은 집에 살았던 친구다. 처음에는 늘 그렇듯 그저 스쳐 지나가거나 이따금 짧은 인사를 나누거나 술자리 파티에서도 길게 말을 섞지는 않았다. 그러다 우연히 인도에 대해 이야기를 나누다가 사람 간의 '에너지'에 대해 같은 생각을 가지고 있다는 걸 알게 되면서 많은 이야기를 나누기 시작했다.

그렇게 친해져 우리끼리는 따로 앉아 이야기꽃을 피우거나 함께 우루과이 여행을 다녀오기도 했다. 그녀는 동양사상을 존경했고 베지테리언이었으며 인도의 사두를 정성 들여 드로잉 했다. 아르헨티나에는 타투공부를 위해 아카데미 스쿨에 6개월간 유학을 온 상태였다.

우리가 콜롬비아에 간다고 하자 페이스북 메시지로 자신도 콜롬비아에 와 있으니 만나자는 연락을 해왔다. 보고타의 여행자 거리에서 그녀와 만나기로 한 날, 그녀는 변함없이 레게머리를 하고서 어린아이와 함께 나타났다.

그녀는 우리를 보기 위해 3시간 거리의 보고타 북쪽에서 달려온 터였다. 콜롬비아에서 다시 만나니 그 기쁨이 이루 말할 수 없었다. 디아나는 함께 온 두 살 된 아이가 자신의 아이라고 했다. 우리는 너무 놀라 아이가 있었냐고 이구동성으로 물었다. 현재는 싱글맘이라는 그녀의 대답에 질문을 해놓고도 미안한 마음이 들었다.

디아나와 보고타 시내에 있는 베지테리언 식당에 가서 특이한 콜롬비아식 식사를 한 뒤, 케이블카를 타고 몬세라테 성당에 함께 갔다. 해발 3,162미터 높이의 몬세라테산에 위치해 있어 보고타 시내를 한 눈에 감상할 수 있었다. 디아나는 콜롬비아 곳곳의 정보와 우리가 가고자 하는 도시들을 찾아가는 방법을 알려주었고, 우리는 그간 밀린 이야기를 오래오래 나눴다. 그녀는 당분간 보고타에 머문 후, 아이를 데리고 에콰도르에 가서 돈을 벌어올 것이라고 했다.

"너희만 괜찮으면 우리 집에서 머물러도 돼."

그녀가 집주소를 적어주었다. 하지만 삶이 고단해 보였던 그녀에게 신세를 지고 싶지는 않았다. 디아나와 이야기를 하고 있으면 지구의 사람들은 모두 둥글게 하나로 연결되어 있다는 느낌이 들었다. 서로 닮은 사람들이 만들어내는 아주 따뜻한 원형의 라인. 세상이 둥글다는 사실이 얼마나 큰 위안이 되는지. 걷고 걸어서 이렇게 서로를 알아보고 만나게 되니 말이다.

참 좋았던 그녀와의 재회. 그리고 다시 찾아온 이별의 순간. 우리는 언젠가 시간이 된다면 인도에서 만나기로 약속했다. 숙소로 돌아오는 길, 우리는 그녀가 진심으로 행복하고 여유 있는 삶을 살기를 기도했다.

보고타 황금박물관
그리고 또 다른 재회

보고타의 구시가지 깐델라리아의 무세오 델 오로역 앞에는 세련되게 잘생긴 건물 하나가 있는데 이곳이 바로 황금박물관이다.

16세기 중엽, 라틴아메리카를 찾은 스페인 정복자들은 어딘가에 전신에 황금칠을 한 사람이 살고 있다고 믿었고 그들의 상상 속 나라를 엘도라도라고 불렀다. 탐욕에 가득 찬 스페인 정복자들은 코에 구멍을 뚫어 금조각을 달거나 장신구를 착용한 인디오족을 무참히 살해하거나 더 많은 금을 약탈하기 위해 노예로 부렸다. 탐욕으로 얻어낸 금과 은은 유럽 곳곳으로 사라졌고 헤아릴 수 없는 수의 인디오족 역시 노예 생활을 하다 끝내 역사 속으로 자취를 감췄다.

1923년 콜롬비아 정부는 전 세계로 약탈당했던 유물을 되찾기 위해 많은 돈을 투자하고 연구하며 유물발굴에 힘썼다고 한다. 그 결과 현재 보고타 황금박물관에는 수만 점의 황금유물과 도자기와 화석유물이 전시되어 있다.

보고타를 떠나기 전, 황금박물관에 들렀는데 그날이 마침 일요일이라 평상시 관람료인 3,000페소를 내지 않고 무료로 관람할 수 있었다. 특히 도자기 종류는 오랜 세월이 흐른 지금 보아도 꽤나 독창적이고 창의적이어서 매우 흥미로웠다. 역시 아름다운 작품들은 시대를 초월해도 우리에게 감동을 주는 듯 했다.

황금박물관을 구경하고 나와 박물관 앞에서 스티븐을 만났다. 수개월 전 에티오피아 비행기가 불시착하는 바람에 머무르게 된 토고에서 함께 했던 미국 친구 스티븐. 아침에 일어나니 페이스북 메시지로 오늘 아침 보고타에 도착했으니 함께 점심이나 먹자고 소식을 전해왔던 것이다. 스티븐을 만나 슈퍼마켓에서 간단하게 장을 본 뒤 우리가 묵는 호스텔에서 맥주를 마시며 밥을 해 먹었다.

나는 프라이팬에 간장을 두르고 야채를 넣은 볶음밥을 비롯하여 계란탕과 소시지 야채볶음을 만들었다. 숭늉도 끓여 먹어보라고 권했다. 스티븐은 이제 여행이 모두 끝나 뉴욕으로 돌아갈 날을 기다리고 있었다.

우리는 숙소마당에 앉아 낮술을 거하게 하고 함께 볼리바르 광장을 걸었다. 우리는 볼리바르 광장에 앉아 볕을 쬐며 이런저런 이야기를 나누다 마니살레스로 가기 위해 버스터미널로 향했다.

작별의 순간. 한국에 와보고 싶어 하는 그와 언젠가 제주도에서 꼭 만나기로 하고 깊은 포옹을 나누었다. 우리는 뒤돌아 저만치로 걸어가는 스티븐의 뒷모습을 오랫동안 바라봤다. 그의 머리카락이 바람에 흩날리고 있었다. 햇빛에 반짝이던 그의 눈빛을 생각하니 괜히 눈물이 나려했다. 바람을 닮은 우리들은 그렇게 길 위에서 다시 헤어졌다.

며칠 전 콜롬비아 친구 디아나와의 재회도, 오늘 만난 미국 친구 스티븐과의 재회도 우리에겐 잊을 수 없을 만큼 따뜻했다. 지금 있는 이곳이 왠지 인연의 땅 같나는 생각이 들었다. 오늘 스티븐과 시간을 보내느라 보고타에서 하려던 웨딩촬영은 결국 못했지만 그래도 그를 다시 만나 기뻤다. 잊지 않고 연락을 해준 그들에게 감사했다. 언제 다시

만날지 모르는 인연을 지금 만나는 것이 훨씬 더 가치 있으니까. 미래
는 없으니까. 오직 지금 이 순간뿐이니까.

커피향 가득,
마니살레스의 과야발 커피농장

제주에 내려가 살면서 자급자족하는 생활을 하기 시작했다. 빵집이
멀어 빵과 쿠키를 직접 구웠고 특별한 날에는 케이크도 만들었다. 작
은 텃밭에서 채소를 키웠고 좋아하는 커피를 집에서 직접 로스팅 하
기도 했다. 특히 커피는 재배나 수확과정, 품종 등이 더 알고 싶어 제
주에 있는 커피학교에서 배우기도 했는데 콜롬비아에 오니 커피농장
을 직접 방문해 이 모든 걸 체험할 수 있다는 걸 알았다.

전 세계 수확량의 3위를 차지하는 콜롬비아 커피. 하지만 품질로는
1위라고 할 수 있는 콜롬비아 커피는 안데스 산맥의 고산지대에서 1년
에 두 차례에 걸쳐 수확된다.

커피의 삼각지대 즉 '커피 트라이앵글'이라고 불리는 마니살레스와
아르마니아, 메데진 중에서 우리가 선택한 곳은 일단 마니살레스. 보
고타를 떠나 마니살레스에서 작은 버스와 택시를 갈아타고 1시간가
량 가면 과야발 커피농장을 만날 수 있다.

농장에서 커피를 재배하고 수확하는 과정을 지켜보는데 무엇 하나
놓칠 수 없어 바지 뒷주머니에 수첩과 펜을 꽂고 농장 아저씨의 설명

에 귀 기울였다. 직접 이 모든 과정을 보니 그래도 몇 권의 커피책을 읽고 제주에서 잠시 배웠던 이론과정이 다시 기억나기도 했다.

제주로 돌아가면 또 얼마나 많은 커피집이 생겼을까. 한국에서 바리스타로 7년 가까이 일했고, 캐나다에서도 바리스타로 일했으며, 커피 여행을 위해 남미로 왔다는 한국인 준호 씨. 보고타에서 만난 우리는 커피농장에 가는 일정이 맞아 함께 마니살레스까지 오게 되었는데 준호 씨 덕에 커피와 카페 이야기를 많이 들을 수 있었다. 함께 지내는 동안 준호 씨는 이따금 우리에게 훌륭한 커피를 내려주기도 했다.

책에서 봤던 것처럼 커피나무는 바나나나무 밑에서 많이 재배되고 있었다. 바나나 나뭇잎은 커피나무에게 좋은 그늘 막이 되어준다. 저지대의 차가운 공기와 서리를 방지하는 데에도 효과가 있다. 분리된 외피와 과육은 일정기간을 거친 후 다시 커피나무의 거름이 되어 자연으로 돌아갔다.

커피나무, 무엇 하나 버릴 것 없이 일생을 그렇게 뜨겁게 살다 가는구나. 마치 인간의 윤회처럼 다시 돌고 돌아가는 그 긴 과정처럼.

전설로 남은 에티오피아 목동 칼디가 우연히 발견했다는 커피나무. 인류에게 낭만적이고 황홀한 맛을 선물한 커피나무는 이제 없어서는 안 될 존재다. 만약 커피나무가 사라진다면 마지막 남은 커피 한 잔을 마시기 위해 사람들은 앞 다투어 지갑을 열겠지. 알고 싶었던 커피. 보고 싶었던 커피. 마치 연애하듯, 단지 좋아하기 때문에 찾아간 커피농장. 이제 또 다른 농장을 찾아 살렌토 지역으로 떠난다.

살렌토 커피농장에서 웨딩촬영

마니살레스에서 미니밴으로 3시간 거리에 있는 살렌토는 아기자기하고 알록달록한 사랑스러운 마을이었다. 마니살레스에 이어 커피농장을 둘러봐야겠다고 생각하고 별 기대 없이 찾아간 곳이었는데, 어찌나 예쁜지 감탄이 절로 나왔다. 전혀 어울리지 않을 듯하면서도 묘하게 어울리는 목조건물들이 좁은 골목길에 옹기종기 모여 있었다. 건물 아래는 여러 가지 기념품과 귀여운 소품가게가 즐비했고 그 사이사이로 너무나 아름다운 카페들이 자리 잡고 있었다. 그중 한 카페로 들어갔다.

이곳에서 J는 당구게임을 했고 나는 바리스타 앞에 앉아서 브랜디

콜롬비아, 살렌토

어쩌면 우린 많이 다르지만,
그래도 부디 같은 곳을 바라보기를

를 섞어 만든 카푸치노를 마셨다. 그가 내게 커피를 내려 준 잔은 무려 50년이나 된 것이었는데 어쩐지 마음에 들었다.

커피의 나라 콜롬비아에서는 확실히 오래된 커피머신의 다양한 자태를 감상할 수 있었다. 살렌토의 카페에는 하나같이 100년, 아니 그보다 더한 세월을 지났을 것 같은 앤티크하고 오래된 커피추출 기계가 많았다. 낡았지만 함부로 대할 수 없는 그 위풍당당한 커피머신들은 당장이라도 값을 치르고 한국으로 데려가고 싶을 정도였다.

그간 브라질, 아르헨티나, 볼리비아, 페루, 에콰도르를 거쳐 콜롬비아까지 오는 동안 미세하게 변한 게 있다면, 콜롬비아를 제외한 다른 나라 호스텔에서는 손님들에게 주로 티나 저렴한 인스턴트 커피를 줬지만 콜롬비아의 호스텔에서는 유일하게 직접 내린 향 좋은 커피를 내준다는 것이다.

가끔은 모카 포트와 그라인더까지 구비해두고 자유롭게 사용할 수 있게 하는 곳도 있었다. 양질의 콜롬비아 커피를 맘껏 마실 수 있다는 건 정말 행복한 일이다. 어느 순간 구입해 두었던 원두가 다 떨어졌지만 우리는 더 이상 사지 않았다. 콜롬비아에서는 가는 곳마다 향 좋은 커피가 우리를 기다리고 있었으니까.

J와 오랜만에 웨딩촬영을 하기로 하고 드레스와 와이셔츠를 꺼내 입었다. 하지만 그것도 잠시, 우리는 살렌토에 온 이후로 작고 소소한 일로 또 다시 다투게 되었다. 왜 우리는 아직도 서로의 다름을 인정 못하는지 괴로울 뿐이었다. 떠나온 시간이 길어지는 만큼 돌아가는

길에는 어느새 걱정을 잔뜩 묻힌 상념들이 드문드문 놓이고 있었다.

서로 다시는
안 볼 것처럼

한동안 살렌토에서 우리는 또 다시 손톱을 바짝 세우고는 서로에게 상처를 주기 시작했다. J는 이제 다시는 이 지긋지긋한 싸움도 하고 싶지 않다며 여권을 챙기더니 배낭을 메고는 그대로 떠나버렸다. 어디로 가는지 나는 묻지 않았다. 그가 두고 간 물건들이 덩그러니 방 안에 남아있었다.

왜일까. 또 다시 그의 어머니에게 걸려온 전화로 인해 우리의 관계는 삐그덕거렸다. 둘 사이의 일로 싸우는 게 아니라 너무 속상했다. 부부가 되고 난 후 다른 관계들로 얽힌 일들이 자꾸만 찾아들었다. 그 스트레스는 이 여행길을 몇 번이나 실망시키거나 후회하게도 했다. 끝을 알 수 없는 먼 간극 사이에서 우리는 지칠 대로 지쳐버렸다. 그는 떠났고 나는 살렌토에 남았다. 홀로 남은 이 여행이 이제 다 무슨 소용이란 말인가. 그는 떠나면서 말했다.

"우린 서로가 너무 다른 사람인 것 같다. 네가 나를 이해 못하듯, 나도 너를 이해할 수 없어. 이제 그만 하자."

나는 거리로 나가 와인을 한 병 샀다. 밤새 홀로 앉아 와인을 병째 마셨다. 이 먼 콜롬비아까지 와서는 나를 홀로 남겨두고 무책임하게

떠났다는 사실에 화가 머리끝까지 나면서도 이제 앞으로 뭘 어떻게 해야 할지 몰랐다. 가슴이 답답해 제주에 있는 친구에게 전화를 걸었다. 이야기를 다 들은 친구는 말했다.

"후회할 것 같으면 어디에 있든 다시 J를 찾아서 만나고, 후회하지 않을 자신이 있으면 이쯤에서 그만둬."

나는 알고 있었다. 머리는 잔뜩 화가 났지만 가슴은 애타게 그를 찾고 있다는 걸. 하지만 벌써 하루가 지났다. 나는 그가 어디로 떠났는지 몰랐다. 그는 모든 연락을 두절시켰다.

다음 날 아침, 그가 짐짝처럼 버리듯 두고 간 짐을 모두 챙겨 들고 숙소에서 나왔다. 마치 그에게 짐이 되어버린 것 같은 내 육신도 함께. 마을버스로 살렌토에서 나와 다시 버스편을 알아본 후 혼자서 메데진행 버스에 올랐다. 아침에 출발했지만 깊은 밤이 되어서야 메데진에 도착했다.

짐을 들고 인포메이션 센터로 가 몇 가지 숙소정보를 물어보았다. 직원은 방문기록을 남겨야 한다며 국적과 이름, 생년월일을 적어 달라고 방문객 노트를 내밀었다. 그런데 그 노트의 맨 마지막 줄에 J의 필체로 이름과 생년월일이 적혀 있는 게 아닌가. 그가 좀 전에 메데진에 도착했다는 얘기였다. 나는 택시를 타고 여행자 숙소가 모여 있는 곳으로 이동했다. 그리고 배낭을 어깨에 멘 채로 숙소 여러 곳을 다니며 한국인 남자가 들어왔는지 물었다.

시간이 얼마나 흘렀을까. 점점 깊어가는 밤, 나는 위험하다는 메데진 거리를 홀로 걷고 있었다. 어깨의 배낭과 그가 두고 간 짐까지 챙

겨 온 가방은 너무 무거웠다. 그러다 허름한 숙소에 들어갔다. 내 사
정을 들은 직원은 체크인을 하진 않았지만 무거운 짐을 여기에 맡겨
도 괜찮으니 가벼운 몸으로 나가 그를 찾아보라고 권유했다. 나는 그
곳에 짐을 내려두고 손가락을 세며 열 군데만 더 알아봐야지 하는 생
각으로 모든 숙소를 돌아다녔다. 하지만 허사였다. 시간도 너무 늦어
위험하게 느껴졌다. 가방을 맡긴 숙소로 돌아왔더니 직원이 컴퓨터
를 사용해도 되니 체크해 보라고 말했다. 나는 이메일을 열어보고 마
지막으로 페이스북에 접속했다. 그런데 거기에 J의 메시지가 있었다.

– 지금 어디야?

나는 메데진에 와있다고 했다. 그는 내가 있는 곳에서 좀 떨어진 지
역에 있었다. 그 밤에 나는 택시를 타고 그곳으로 달려갔다. 하루 사
이에 해쓱해진 J가 골목길에 서있었다. 택시에서 내리자마자 자꾸만
눈물이 펑펑 쏟아졌다. 다시 만난 우리는 서로를 끌어안고 손을 내밀
었다. 우리는 아무 말도 하지 않았다. 혼자 있다가 둘이 되는 여행은
힘차고 행복했지만 둘이 있다가 혼자가 되는 여행은 너무도 끔찍한
슬픔이었다.

우연처럼 이 도시에서 다시 만났지만 우리는 떨어져 있던 동안 서
로 한 끼도 먹지 않고 그저 의기소침해 있었다. 우리는 늦은 밤 비
싼 피자 한 판을 숙소로 배달시켜 배불리 나누어 먹었다. 어쩜 그리
도 맛나던지. 잃어버린 밥맛도 좋아지게 하고 찬물에 맨밥을 말아먹
어도 행복한 둘. 그런데도 왜 우리는 이토록 어리석은 행동을 반복하

는 것일까? 다시 화해하고 서로를 받아들이는 시간. 우린 언제 어른
이 될까….

　그날 이후, J가 푸석거리던 내 긴 머리카락을 가위로 잘라줬다. 볕
좋은 날 숙소 마당에 있는 의자에 앉아 큰 비닐봉지를 어깨에 두르고
사각사각 가위에 잘려나가는 상한 머리칼을 바라보며 나쁜 기운들 저
멀리멀리 가버려라 속삭였다. 머리칼을 향해 뿌려진 하얀 물방울들이
고운 무지개가 되어 흩어져 내렸다. 그 찰나의 순간, 나는 간절히 기도
했다. 사랑하고 사랑받고 사랑하며 살아가기를. 노인이 되어서도 이
삶에 대해 후회하지 않기를.
　다시 만나 그가 잘라준 단발머리가 어깨 위에서 찰랑거릴 때면 왠
지 사랑받고 있다는 기분이 들었다. 제주에 돌아가서도 계속 내 머리
카락을 잘라달라고 부탁했다. 그때 J가 이런 말을 했다.

"혼자 있으니까 밥도 먹기 싫고 누구랑 말하기도 싫고 어디 나다기도 싫고 갑자기 여행도 다 싫더라고."

그건 나도 마찬가지. 우리는 다시 손을 꼭 잡았다. 반복되는 싸움이지만 이 연애 같은 결혼은 계속 되어야만 한다. 혼자보다는 역시 둘이 좋으니까.

제법 괜찮은 도시
메데진

이 도시에 머문 지도 6일이 지나고 있었다. 보고타에서 만났던 싱가폴 친구는 도시를 싫어한다는 우리 이야기를 듣고는 이렇게 말했다.

"그래도 메데진은 꼭 가봐, 특히 J는 메데진에 가야 해. 건축가로서 볼 것이 꽤나 많거든."

그저 그런 빌딩들이 즐비한 대도시겠지 하며 별 기대도 없던 메데진은 그야말로 볼 것도 많고 찾아갈 곳도 많은 제법 괜찮은 곳이었다. 그러고 보니 보고타에서 재회했던 미국 친구 스티븐이 2주 동안 머물렀다던 곳도 바로 메데진이었다. 특히 집에서 구독하던 건축잡지에서 보던 콜롬비아 건축물 상당수를 메데진에서 직접 볼 수 있어 J는 흥미로워했다. 우리는 구석구석 열심히 걸어 다녔고, J는 꼼꼼히 카메라에 담아냈다.

우리가 머무는 숙소는 더블룸으로 가격은 50,000페소. 지금껏 다닌

숙소 중에 가장 편안하고 가장 깨끗했으며 가장 마음에 들었다. 이 숙소의 모든 공간과 작은 마당, 화장실은 말도 못하게 쾌적하고 좋았는데 이렇게 좋은 숙소가 장사가 안 되는 이유는 단 하나. 여행자들을 받을 도미토리가 없기 때문이었다.

내가 머무는 메데진의 포블라도 지역에는 호스텔이 많았는데 대부분 배낭여행자들을 받는 도미토리가 있었다. 그들이 모이는 곳은 시끌시끌하고 자유로웠지만 그만큼 제약도 많았고 지저분하기도 했다. 이 숙소는 도미토리가 없어 혼자 오는 여행자가 머물 방이 없었다. 그 덕에 우리만의 꽤나 조용하고 깨끗한, 쾌적한 시간을 보낼 수 있었다. 물론 일하는 아주머니가 우리를 예쁘고 좋게 봐주신 덕분에 더 즐거운 시간을 보내고 있는지도 몰랐지만.

메데진은 근사하고 제법 괜찮은 도시였지만 과거에는 이와 확연히 다른 이면이 존재했으니, 마약과 납치, 게릴라, 테러 등이 바로 그것이다. 25세 때 코카인사업을 시작했던 전설적인 마약왕 파블로가 살던 곳. 그는 메데진뿐 아니라 여러 나라에 수백 채의 집과 항공기와 동물원을 소유하고, 콜롬비아 내에서 자선사업을 벌이며 없는 자들의 생활을 돕기도 했다.

직접 정치에 뛰어들어 본격적인 부와 권력을 행사하기도 했으며 반대하는 세력에는 비행기폭발 테러와 납치, 무자비한 살인 등을 일삼았다. 마약으로 부를 축적한 그는 호화로운 생활을 즐겼지만 93년도 미국과 콜롬비아의 합동추격전에 의해 사살되었다.

최근 10여 년간 치안이 많이 좋아지긴 했지만 메데진 어디에선가 그의 세력들이 여전히 활동 중이고 '에스코폴라미나'라는 마약으로 여행자들을 노리는 범죄도 기승을 부린다고 했다.

세계 최대 마약수출국 콜롬비아의 메데진. 아무 일도 없는 것처럼 일상적이고 평안해 보이는 사람들의 삶 속에는 과연 무엇이 숨겨져 있는 것일까? 알 수 없는 여행자는 그저 긴장하며 그들을 관찰할 뿐. 하지만 그들의 삶은 아무 일도 없다고 말하는 것만 같았다.

소풍가듯 과야폐의
엘 빼뇰에서 웨딩촬영

왠지 모르게 편안한 메데진에 죽치며 쉬고 있는데 어느 날 J가 함께 가야 할 곳이 있다며 아침 일찍 출발하자고 한다. 간단하게 샌드위치를 만들고 냉커피를 타서 페트병에 담는 것으로 준비는 끝. 목적지는 메데진에서 3시간 거리에 위치한 과야폐의 엘 빼뇰이란 바위가 있는 곳이었는데 과야폐는 케추아어로 '돌과 물'이라는 뜻이었다.

과야폐 마을로 가려면 먼저 인당 1,900페소인 메트로를 타고 북쪽 터미널로 이동해야 했다. 터미널에서 과야폐로 가는 버스티켓을 흥정해 인당 9,000페소에 구입하고 보니 지갑에는 여분의 돈이 없었다. 항상 숙소 로커에 돈이며 여권을 두고 다녔는데 깜빡하고 지갑에 돈을 채워두지 않은 것이다. 이미 돌아갈 차비는 없었고, 표는 끊었고,

터미널까지 왔으므로 우리는 무슨 배짱인지 일단 가기로 하고 버스에 올랐다.

도착해서 보니 '엘 빼뇰'이라 불리는 이곳에는 그야말로 거대한 바위가 마치 산처럼 자리 잡고 있었다. 바위를 오르기 위해서는 일단 10,000페소 하는 입장료를 지불해야 하는데 입구에서 이런저런 사정을 설명했더니 직원은 우리를 뒷문으로 데려가 그냥 올라가라고 했다. 고맙다는 말을 여러 번하고 우리는 엘 빼뇰 바위를 오르기 시작했다. 올라가면서 프랑스 청년들을 만났다.

"헤이, 곤니찌와 너희 일본 사람이지? 너네 스타일 좋다!"

"그래 알아! 우리 스타일 좋지? 근데 우린 한국 사람이야, 곤니찌와 말고 안녕! 이라고 말해봐!"

드디어 정상에 올라서자 동화 같은 풍경이 펼쳐졌다. J는 보고 있으면서도 믿을 수 없다는 말을 자꾸만 했다. 우리는 정상에 앉아 아침에

만들어 온 샌드위치를 먹었다. 그리고 오늘도 웨딩사진을 남겼다. 주변에 있던 외국인들이 삼삼오오 모여 우리를 구경했다. 콜롬비아 현지인들과는 몇 장의 사진을 함께 찍었고 정상에서 부는 바람을 한껏 맞으며 햇볕을 즐겼다.

처음 콜롬비아에 왔던 때가 기억에 생생했다. 택시 기사는 화를 냈고, 골목은 어두웠으며, 거리에는 온통 위험해 보이는 사람들뿐이었다. 하지만 오늘, 무턱대고 돈도 없이 외출한 이 뻔뻔한 외국인을 그들은 입장료도 안 받고 그냥 들여보내줬다. 게다가 우리는 히치하이킹과 몇 번의 작은 콜렉티보를 얻어 타고 어둑해질 무렵 다시 메데진으로 돌아올 수 있었다.

잔뜩 긴장했던 불안한 눈동자와 경계심은 어느새 사라지고 우리는 화끈하고 정열적인 콜롬비아 사람들에게 흠뻑 빠져 있었다. 어디를 가나 거리낌 없이 두 손 내밀어 안아주고 먼저 인사를 하는 유쾌한 사람들. 그래서 우리도 무한대로 활짝 열리는 오픈 마인드!

만약 모든 것이 사라져도 그가 남는다면 나는 여전히 살아갈 거야
하지만 모든 것이 남고 그가 사라진다면 이 우주는 아주 낯설어 지겠지

– 에밀리 브론테 《폭풍의 언덕》 중에서

카리브해를 품은
작은 마을 타강가

남미의 저 아래 브라질에서 콜롬비아까지 올라오면서 우리는 카리브해를 본다는 기대에 잔뜩 부풀어있었다. 콜롬비아의 카리브해를 만나려면 북쪽으로 올라와야 했다.

콜롬비아에서 과연 어디로 갈 것인가를 두고, 우리는 며칠 동안 고민을 거듭했다. 콜롬비아를 거쳐 중미의 거점인 파나마를 요트 세일링으로 지나 코스타리카와 온두라스, 과테말라 등에 갈 계획을 머리를 맞대고 생각해보다가 결국 멕시코에 가기로 결정했다. 언젠가 중미를 가게 될 날이 올까? 지도를 보며 꿈에 부푼 기대로 여행을 계획해본다.

메데진에서 출발한 야간버스를 타고 산타마르타까지 16시간이 걸렸다. 도착해서 버스에서 내리자 후끈한 열기가 느껴졌다. 우리가 머무는 숙소는 아이스크림 따위를 파는 작은 구멍가게를 겸하고 있었는데 이 집 고양이도 더운지 늘 아이스크림 냉장고 위로 올라가 껌처럼 딱 붙어서 잠을 잤다. 숙소주인은 과거 동남아 여행을 오래 다녔다고 했다. 거칠어 보이지만 정직하고 괜찮은 친구였다.

우리는 수영복으로 갈아입고 뜨거운 태양이 내리쬐는 카리브해를 즐기러 바다로 나갔다. 해변은 둥그런 모양으로 아주 작고 아담했다. 이곳보다는 그란데 해변이 조용하고 더 평화로웠는데 그곳에 가려면 마을에서 산 하나를 넘어야 했다. 이곳은 여행자들의 가방이나 현금을 노리는 강도사건이 자주 일어나 산 중간에 경찰이 상주할 정도였

다. 산을 넘어 그란데 해변을 오갈 때, 실제로 경찰이 현지인들의 가방을 검사하는 것을 자주 목격했다. 그리 큰 산은 아니었지만 한 번 넘자면 땀을 뻘뻘 흘려야 했다.

여기서도 웨딩촬영을 진행했는데 땀에 젖은 피부에 웨딩드레스와 와이셔츠가 찰싹 붙어서 떨어지지 않을 정도였다. 그래도 남미에서 오랜만에 다시 느껴보는 계절인 여름과 저 뜨거운 태양과 온몸을 감싸는 이 포근한 열기는 나쁘지 않았다. 아니, 제법 좋았다.

물이 되는 꿈,
카리브해의 스쿠버다이빙

난 엑티비티를 별로 좋아하지 않았다. 하늘을 나는 스카이다이빙이든, 패러글라이딩이든, 래프팅이든. 이건 J와 내가 유일하게 다른 점이었다. 엑티비티를 참을 수 없을 정도로 좋아하고 즐기는 J, 그리고 좋아하지 않는 건 절대 하지 않는 나.

그런 내가 유일하게 좋아하고 즐기는 건 산에 가는 것, 바다에서 수영하는 것, 또 바다에서 즐기는 스쿠버다이빙이었다. 베트남과 이집트, 터키, 그리스에서 몇 번인가 다이빙을 했었다. 여행자들이 그렇듯 나 역시 PADI 코스 자격증을 따기도 했고 말이다. 이게 얼마만의 다이빙이었는지. 마지막 다이빙이 터키 지중해 바다 보드룸에서 망중한을 즐긴 것이었으니 꼭 2년만이었다.

물이 되는 꿈

하늘에서만 날개를 달고 나는 게 아니야
바다에서도 날개를 달고 날수 있지

꿈을 꾸듯 물고기가 되는 꿈
또 물이 되는 꿈
이곳은 또 다른 우주

오랜만에 다시 물에 들어가도 몸은 태초의 기억을 안은 것처럼 물이 되거나 물고기가 되어 날개를 달고 날아다니는 것 같았다. 또 다른 우주는 바로 이곳. 바다거북과 함께 바다를 날고, 다이버들은 부드러운 동작으로 날아다니는 카리브에서의 다이빙. 긴 꿈을 유랑하듯 그 안에 들어가면 내 몸은 물이 되거나 물고기가 되어 날개를 달고 날아다니는 것 같다.

언제나 의외의 도시가 있지, 마치 산타마르타처럼

더위에 지쳐 그만 타강가를 떠나기로 했다. 덥더라도 우리를 잡는 무언가가 있다면 길게 머물렀겠지만 타강가는 생각보다 지저분했고, 기대했던 카리브해가 아니었으며, 음식 가격 또한 턱없이 비싸게 느껴졌다. 이런 것들은 우리를 서둘러 떠나게 만들었다.

콜렉티보를 타고 산타마르타로 돌아왔다. 대도시였기 때문에 하룻밤만 머물기로 하고 내일 출발하는 뿌까라망가행 버스티켓을 예매해 두었다. 그런데 카리브해를 가진 이 대도시의 느낌은 의외로 나쁘지 않았다. 숙소도 시골마을인 타강가보다 저렴하고 깨끗했다. 넘쳐나는 길거리 주스와 열대과일의 풍성한 자태, 다양한 군것질거리, 골목 사이사이 즐비한 예쁜 카페…. 거기다 후안발데스 노천카페가 있는 것 아닌가? 이럴 줄 알았으면 산타마르타에 좀 더 머물다 가는 것도 괜찮

았을 텐데 타강가에만 너무 오래 머문 것 같았다.

북부에서 다시 밑으로 내려가는 우리의 여정. 정말 앞뒤 계획도 없고 뒤죽박죽이었다. 어제는 미루던 미국 비자를 사이트에 들어가 신청 했다. 스쳐 지나가기만 해도 돈을 내야 하다니 미국이란 나라는 참 똑똑해. 그동안 J는 설사병으로 기운을 못 차리고 있었는데 이상하게도 스쿠버다이빙을 한번 하고 난 뒤 기운을 차리며 몸도 많이 좋아졌다. 이제 내일이면 뿌까라망가를 거쳐 산힐에 도착할 터였다. 산힐은 액티비티를 즐기기 위해 찾아가는 곳.

문득문득 돌아갈 시간이 가까워졌음이 느껴졌다. 마냥 마음이 편한 건 아니었다. 돌아가 먹고 살 일. 해야 할 일, 두고 온 것들에 대한 상념들. 날이 지날수록, 여행이 길어질수록 우리 마음은 가벼워졌다 무거워졌다를 반복했다. 콜롬비아에서의 시간은 점점 더 빠르게 흘렀다. 그저 시계바늘을 붙잡고 싶을 뿐. 그래도 우린 여행 중이었다. 이 말이 얼마나 우리를 위로하는지….

며칠이나 흘렀을까? 이제는 더 이상 날짜를 세지 않았다.

여행,
여행자의 만남과 이별

만나고 헤어지는 일은 언제나 어렵고 힘들다. 여행을 하면서 수없이 많은 사람들을 만났다. 국적은 다르지만 기억에 오래오래 남을 좋은 사람들. 그들은 지구 곳곳에 든든한 친구가 되어 존재한다. 이번 여행에서도 우리는 서로를 알아봤고 손을 마주 잡았고 눈빛을 주고받았으며 볼에 키스를 나누었다.

사실 산힐에서 만난 친구들은 이미 산타마르타의 버스터미널, 심지어 같은 버스로 이동하며 처음 만났다. 하지만 우리는 요란한 그들이 별로 마음에 안 들어 눈도 안 마주쳤다. 그렇게 따로 또 같이 이동했던 친구들이 10분 간격으로 같은 호스텔로 들어서더니, 같은 방을 배정받아 도미토리에서 재회하게 되었다. 다시 만나게 되니 괜히 서로 큭 웃음이 나왔고 밝은 하이톤으로 "올라!" 인사를 나누며 통성명을 시작했다.

이미 우리가 한국 사람인 걸 알았다는 여행 4주차 호주의 터프가이 메트. 그는 수개월 전 서울의 홍대로 2주간 여행을 다녀와 한국의 음식과 술 문화에 대해 잘 알고 있었다. 비밀을 숨기고 있는 듯 고요하고, 눈물이 많은 3개월 차 오스트리아 여행자 사브리나는 살사춤을 좋아했다. 그리고 정신을 쏙 빼놓을 만큼 유쾌하고 시끄러운, 하지만 없으면 너무 심심한, 어눌한 영어를 쓰는 홀란드 자매 주디와 미카도 함께 만났다.

다시 만난 우리는 그날부터 똘똘 뭉쳐 같이 다니기 시작했다. 함께 밥을 먹었고, 테이블에 모여 맥주잔을 부딪치며 에스파뇰로 건배를 뜻하는 "살루트!"를 외쳤고, 함께 수영과 래프팅을 했고, 시큼한 개미소스 스테이크도 먹으러 갔고, 밤에는 살사를 추러 클럽에 갔다.

어느 날 홀란드 친구 미카는 우리 둘이 자꾸만 고양이 행동을 흉내

낸다며 물었다.

"너희 고양이 되게 좋아하는 것 같아. 혹시 한국에서 고양이 키워?"

나는 4살 된 고양이 마르딘의 사진을 보여줬다. 그러자 그녀는 주먹 쥔 팔을 들어 앞뒤로 까딱까딱했다.

"아. 너희 이거 있구나? 럭키 캣, 머니 캣."

일본이나 동남아에서 흔히 볼 수 있는 노란색 고양이 인형을 말하는 것이었다. 그 인형의 이름이 돈을 많이 벌게 해준다는 뜻의 '럭키 캣'이라는 것을 처음 알았다. 무엇보다 그녀의 그 팔 동작은 주변 사람들을 박장대소하게 할 만큼 재미있었다. 그 이후로 고양이처럼 귀엽게 팔을 까닥거리는 것이 우리의 인사가 되었다.

크고 작은 일들이 참 많았는데 함께 있으면 너무 즐겁고 유쾌해서 다들 눈물을 흘리며 웃느라 정신이 없었다.

우리가 먼저 '바리차라'라는 마을로 떠나는 날, 친구들이 모두 밖으로 나왔다. 한 명 한 명 인사를 주고받고 포옹을 하고 작별의 키스를 나눴다. 메트가 호주에서 온 코알라 인형을 건넸다. 미카는 하고 있던 꽃모양 머리핀을 빼더니 내 머리카락에 꽂아주었다. J의 머리에도 주디가 꽂고 있던 연두색 꽃 핀이 예쁘게 내려앉았다. 마침내 헤어지는 순간, 소녀 같았던 사브리나가 말했다.

"헤어지는 지금 내 심장이 부서질 듯 아파."

나를 꼭 안은 그녀의 눈동자는 울고 있었다. 도무지 마음이 편치 않았다. 여행은, 여행자는 잦은 만남과 이별로 레몬처럼 얇게 저며진 마음이 초승달처럼 점점 더 가녀려진다. 그렇게 사람들이 가슴에 들어

언젠가 우리

그래도 우리는 언젠가 꼭 만나게 되겠지 다들 지구 어딘가에서 살아가고 있으니
우리는 어디든 다시 떠날 수 있는 여행자니까

왔다가 다시 바람처럼 기약도 없이 사라져버리면 텅 빈 가슴에는 온
종일 비가 내렸다.

나는 벌써부터 그들이 너무나 보고 싶었다.

잠시 쉬고 싶다면 여기도 괜찮아!
바리차라

마음이 잘 맞는 여행자들을 만나 오랜만에 요란하고 장난스러운 날
들을 보냈던 산힐을 뒤로하고, J와 나는 산힐에서 40분 거리에 있는
작은 마을 바리차라로 떠났다.

바리차라는 그야말로 작고 아담한 사랑스러운 마을이었다. 꽤나 괜
찮은 곳이었는데 산힐에서 너무 오랫동안 시간을 보내는 바람에 머물
수 있는 시간이 이틀밖에 없어 아쉬울 뿐이었다. 그러기도 잠시, 도착
한 날 밤에 갑자기 오한이 찾아들더니 열이 끓고 설사를 하기 시작했
다. 아무래도 어제 산힐에서 친구들과 먹은 음식이 잘못된 것 같았다.
내가 몸이 아프니 J가 밥을 하기 시작했다.

평상시 내가 만들던 요리를 어깨너머로 익힌 J는 감자와 양파, 햄
을 간장과 기름에 볶아 밥과 함께 계란프라이를 올린 덮밥을 완성시
켰고, 계란을 풀어 넣고 끓인 감자국도 뚝딱 만들어냈다. 오랜만에 누
군가 해주는 요리를 먹으니 아픈 배도 조금 낫는 거 같았다. 아, 그러
고 보니 먹고 싶은 게 너무 많았다. 제주 송당에 사는 친구가 자기 집

TINTO
HOSTEL

마당에서 만들어주던 꽁치 김치찌개도 생각났고, 친구와 먹던 은희네 해장국, 들깨를 넣고 만든 부드럽고 칼칼한 아구찜도 그리웠다. 몸이 아프니 절실하게 한국 밥이 먹고 싶었다.

콜롬비아 여행이 끝나가고 있었다. 모든 남미의 나라들이 참 좋았지만 어쩌면 제일 좋았던 기억으로 남을 것 같은 콜롬비아. 멕시코 칸쿤으로 떠나는 비행기 티켓을 인터넷으로 구매했다. 이제 우리도 본격적으로 휴양지 느낌이 나는 '신혼여행'을 즐기게 되겠지. 바리차라에서 이틀을 머물고 산힐로 돌아가 야간버스를 타고 정확히 36일 만에 다시 콜롬비아 수도 보고타로 들어갔다.

얼마 남은 콜롬비아 돈을 탈탈 털어 카페에서 커피를 마셨고, 택시 대신 사람들에게 물어 인당 1,500페소 하는 로컬버스를 타고 공항으로 향했다. 덕분에 약간의 돈이 남아 공항 안에 있는 후안 발데스 커피를 마지막으로 한 잔 더 마시고 떠날 수 있었다.

문득 하루가 짧게 느껴지는 건 왜일까. 하루하루 시간이 흐를수록 돌아가 살아갈 일이 걱정되는 건 어쩔 수 없다. 그렇게 짧은 바리차라에서의 날들도, 아니 남미의 마지막 나라 콜롬비아의 시간도 모두 흘러가버렸다.

North America Maxico
북아메리카 멕시코

웨딩드레스와 나비넥타이를 들고 시작된 여행

우리 돌아가서 잘 살 수 있을까?
우리 자리는 그대로 일까?
떠나온 지 얼마나 되었는지
날짜를 세는 일도 그만두었네.

찬란하여라
칸쿤 카리브해

멕시코 칸쿤 공항에 도착한 시간은 새벽 3시.

어둠이 짙게 깔린 칸쿤 공항에는 추적추적 비가 내리고 있었다. 늦은 시간이라 날이 밝으면 버스를 타고 예약해둔 호텔로 가야지 하고 앉아있는데 호객꾼이 다가와 택시요금을 저렴하게 해주겠다고 한다. 우리는 바로 ATM에서 돈을 조금 찾아 택시에 올랐다.

아직은 알 수 없었다. 밖은 어두웠고, 처음 온 낯선 나라 멕시코가 조금은 두렵기도 했고, 밖에는 비까지 내리고 있었으니까. 그나마 호객꾼이 연결해준 택시 기사가 나이 지긋한 노인이라는 점은 우리를 안심시켰다. 우리는 낯선 나라에서 택시를 타야 할 경우 만약을 대비해 젊은 남자가 운전하는 택시보다 노인의 택시를 골라 탄다.

그렇게 몇 분 달리지 않아 예약해둔 호텔에 도착했다. 멕시코 정부는 칸쿤을 국제적인 관광도시로 키우기 위해 안간힘을 쓰고 있었는데, 칸쿤의 눈부신 카리브해를 만끽하려면 반드시 '칸쿤 호텔존'이라 불리는 곳에 머무르게 했다. 카리브해가 정면으로 보이는 호텔은 해변을 따라 길게 늘어서 있었는데, 그 호텔에 머무는 손님만이 그 구역의 바다를 볼 수 있었다. 호텔을 예약하지 않은 사람들은 높은 호텔건물들에 막혀 아예 카리브해를 볼 수도, 수영을 즐길 수도 없었다. 이 무슨 횡포 아닌 횡포인가 싶다.

일단 도착한 날로부터 3박 4일 동안 머물 올인클루시브 호텔을 예약했다. 칸쿤의 호텔들은 '올인클루시브'라는 꽤나 구미가 당기는 시스템을 적용했는데 한마디로 호텔에 머물며 아침, 점심, 저녁, 모든 식사를 해결할 수 있고 각종 음료와 칵테일, 위스키, 럼을 무제한으로 즐길 수 있으며 호텔의 수영장 같은 부대시설과 해변의 비치베드를 모두 무료로 사용할 수 있었다.

숙박비에 모든 게 포함되어 있었고, 추가로 들어가는 비용은 가끔 직원들에게 건네는 팁이 전부였다. 올인클루시브로 즐기고 있다는 의미로 호텔에서는 투숙객들의 팔목에 밴드를 채워 주는데 이걸 보면서 직원들은 호텔손님인지 아닌지를 구분해내기도 했다. 한마디로 돈이 없으면 칸쿤의 카리브해를 볼 수도 없고 호텔 안을 뚫고 들어가 입장할 수도 없었다.

그래서인지 해변에는 동네에서 나와 수영을 즐기는 현지인도, 어느 해변에나 있는 잡상인도, 여행객의 소지품을 노리는 도둑도 없었다. 오직 자기 주머니를 열어 호텔존을 즐기는 외국인뿐이었다. 간혹 어찌 들어왔는지 모를 한두 명의 상인들이 스카프나 목걸이 등을 들고 다니며 팔기도 했는데 귀찮게 치근거리는 정도는 아니었다. 각 빌딩의 호텔 안전요원들이 두 눈을 부릅뜨고 해변을 지키고 있었으니까.

이런 럭셔리하고 비싼 칸쿤에서 우리가 머무는 곳은 그나마 저렴했던 벨라뷰비치 파라다이스라는 호텔이었다.

이번 여행의 최고 하이라이트라도 된 듯 처음 와 본 호텔.

1년 전 J와 포천의 산정호수에서 야외결혼식을 했던 날, 우리의 첫

날밤은 엉망이었다. 와인이나 칵테일도 아닌 막걸리를 부어라 마셔라 하며 지인들과 어울려 술독에 들어간 것이었다. 그러다 먼저 뻗은 나는 빛 한 줄기 들어오지 않는 리조트 골방에 누웠다가 곧바로 뻗어 버렸고, J 역시 와이셔츠 단추를 풀지도 못한 채 잠이 들었다.

멋진 전망과 최고급 시설을 자랑했다는 안방은 구경도 못했다. 일찌감치 지인들이 차지해 잠들어 버렸던 것이다. 아침에 일어나니 숙취가 풀리지 않아 머리가 아팠고 빛도 안 들어오는 골방에 누워 있다 일어나니 아, 이렇게 우리의 결혼 첫날밤이 허무하게 가버렸구나 싶었다. 그것이 내가 기억하는 우리의 첫날밤이었다.

나는 많은 것을 포기하고 진행했던 내 결혼식에 대해 가끔씩 생각해보곤 했다. 과연 잘한 일이었는지 말이다. 언젠가 나도 J와 함께 괜찮은 호텔에 머물고 싶었다. 신혼여행인 이번 여행길, 배낭을 메고 꽤나 힘들게 칸쿤까지 왔다. 그래 우리도 즐겨 보자. 칸쿤 올인클루시브! 그렇게 카리브해를 품은 칸쿤의 호텔존에 우리는 배낭을 메고 당당히 입성했다.

우리는 할 말을 잃었다. 청초한 바다 빛깔에 그만 놀라고 말았다. 찬란하고 고운 그 빛깔은 우리를 황홀하게 만들었다.

"아, 여기 오길 참 잘했어! 너무 아름다워! 여기 오려고 그동안 그렇게 걸었나 봐!"

우리는 칵테일을 마시고, 해변에 나가 바다수영을 하고, 호텔 수영장에서 비치발리볼을 즐기고, 맛있는 것을 많이 먹으며 영혼과 육체

를 살찌우기로 했다. 호텔존에서의 3박 4일이 지나면 우리는 다시 여행자 본연의 자세로 돌아가야겠지. 우리는 마치 이 시간이 다시 오지 않을 것처럼 신나게 즐겼다.

어쩌면 다시 오지 않을 세상을 대하듯 온 마음을 다해 카리브해를 바라본다. 청초한 카리브의 블루를 두 눈에 새겨 넣었다. 갓 구운 빵처럼 검게 그을린 피부를 백사장의 하얀설탕 같은 모래에 굴려보고, 데 낄라 한 잔을 원샷하고, 소금을 흠뻑 묻힌 상큼한 레몬을 한입 베어 먹으며 호텔 스피커로 들려오는 빌리 오션의 〈Caribbean Queen〉을 들었다. 무슨 말이 필요할까. 우리는 여기 칸쿤에 있는걸!

다시 배낭을 메고 여행자의 시간으로, 프라야 델 카르멘

호사스러운 올인크루시브 호텔존에서 3박 4일을 즐기고 우리는 다시 배낭을 메고 여행자 본연의 자세로 돌아갔다. 호텔 안에서만 먹고 즐기다 보니 칸쿤 밖의 세상도 궁금했고 또 다른 칸쿤의 모습도 알고 싶어졌다. 칸쿤의 호텔은 체크아웃을 해도 팔목에 찬 밴드를 풀지 않으면 나가기 전까지는 부대시설을 이용하고 즐길 수 있어 더 없이 좋았다.

체크아웃을 한 뒤 호텔에 짐을 맡겨두고 아침식사와 점심까지 해결

했다. 수영장에서 시간을 보내다 로비의 바에서 칵테일 몇 잔을 마셨고, 늦은 오후가 되어서야 밴드를 반납했다. 그리고 캐리어를 끌고 우아하게 호텔로 들어서는 여행객들 사이로 때가 타고 낡은, 하지만 우리에게는 더 없이 소중한 배낭을 메고 씩씩하게 호텔 밖으로 나왔다.

호텔 근처에서 버스를 타고 카르멘으로 가는 터미널로 향했다. 그런데 마치 날개를 단것처럼 홀가분하고 자유로운 이 기분은 무엇일까? 호텔존을 떠나 다시 자유롭게 배낭을 메고 세상을 누빌 수 있기 때문이겠지.

터미널에 도착해 비싼 버스 대신 현지인들이 타는 콜렉티보 버스를 찾아내 카르멘까지 35페소에 갈 수 있었다. 남미처럼 버스비 흥정이 가능하기 때문에 멕시코에서도 시도해볼 만하다. 우리는 이제 흥정의 달인이 된 것 같았다. 얼굴 하나 붉히지 않고 나보다 더 잘 깎는 J는 마치 수다스러운 아줌마 같았다. 여행 초반에는 그렇게 조용하고 시니컬하더니 이제 '세계는 내 손바닥 위, 당신은 내 친구'를 외치는 J는 밝고 유쾌하고 명랑했다. 그 환한 에너지는 국적이 다른 많은 사람들이 우리 곁으로 찾아오게 만들었고 모두를 하나로 묶어주었다.

"좋아. 잘하고 있어. 내 친구 J."

낯선 도시에서는 항상 숙소를 찾는 게 일이었지만, 카르멘에 도착해서는 운 좋게도 너무 좋은 숙소를 구했다. 3일을 머무는 조건으로 저렴하게 구했는데 이번 여행의 숙소 중에 베스트가 될 정도로 좋았다.

카르멘에는 세계적인 다이빙 포인트가 있었는데 그중 코즈멜이라

는 아름다운 섬에는 많은 다이버들의 발길이 이어졌다. 우리도 스킨 스쿠버를 즐기기 위해 이곳을 찾았으니까. 칸쿤 호텔존을 일생에 꼭 한 번쯤 가볼 만한 곳이라고 한다면, 칸쿤의 여러 다이빙 포인트는 여러 번 오고 싶도록 만드는 곳이었다.

우리는 거리에서 타코와 부리또를 사 먹었고, 멕시코 맥주 솔과 코로나에 멕시코 사람들처럼 레몬과 소금을 뿌려 마셨다. 그나마 멕시코 음식은 이전의 남미 음식과 달리 매운 고추를 사용한 소스가 많아 입에 착 맞았다. 더 맵게 해달라고 부탁하면 잠시만 기다리라 하고는 부엌으로 들어가 매운 고추 몇 개를 믹서에 쫙 갈아서 더욱 맵고 화끈한 소스를 내왔다.

호텔존에서 나와 카르멘 거리에서 음식을 사먹고, 해변에 앉아 맥주를 마시고, 아이스크림을 사먹고, 좋아하는 다이빙을 즐기니 이제 막 철장 밖으로 나온 나비라도 된 듯 자유로웠다. 날아갈 것만 같은 우리는 뜨거운 태양에 이를 다 드러내고 서로를 보며 잘도 웃었다.

보이는 것이 다가 아니에요, 그란드 세노테

카르멘에서 더위를 즐기고 스쿠버다이빙을 하며 며칠을 보낸 뒤 다시 콜렉티보를 타고 기대하던 툴룸으로 떠났다. 카르멘에서 툴룸으로 가는 콜렉티보는 인당 40페소로 에어컨이 잘 나와 쾌적하게 이동할 수 있었다. 40분쯤 걸려 툴룸에 도착해서는 내리자마자 눈에 띈 허름한 숙소에 체크인을 했다.

날이 더워 배낭을 메고 돌아다닐 힘도 없었지만 툴룸의 위치상 가장 저렴하게 머무는 최상의 곳이라는 생각이 들었기 때문이다. 에어컨이 있는 더블룸을 3일에 1000페소로 흥정해 얻었는데 제법 괜찮은 아침이 포함되어 있었고, 자전거를 무료로 대여해 주었다.

우리는 배낭을 방에 던져두고 그렇게 기대하던 세노테에 바로 가보기로 했다. 숙소에서 스노쿨링 장비, 오리발과 함께 빌린 자전거로 도로를 달리기 시작했다. 얼마 지나지 않아 땀이 비 오듯 흘러 내렸다. 태양이 어찌나 뜨거운지 아스팔트가 녹아내리는 듯 했다. 이 더위를 참고 달려가면 그곳에 멋진 세노테가 있겠지. 우리는 되뇌며 자전거 페달을 밟고 또 밟았다.

땅속 암석이 침식되면서 땅 밑에 생겨난 일종의 싱크홀로 지하계의 또 다른 우주를 경험할 수 있는 곳이 바로 '세노테'다. 예로부터 마야인들은 이 지하동굴을 신성시 여겨 어린 소녀를 제물로 바치기도 했다. 오, 어린 소녀라니. 깊고 깊은 동굴 속에 홀로 제물이 되어 던져진 소녀의 마음은 어떠했을까…. 유카탄 반도의 더운 바람이 곁을 스치고 지나갔다. 여행날짜가 더해질수록 점점 건강해지고 있다는 느낌이 들었다. 나약한 마음과 육체가 이대로 깊고 강인한 에너지로 단련되어 나를 지켜줬으면 좋겠다.

세노테 수영을 끝내고 다시 자전거로 40분을 달려 드디어 그란드

세노테에 도착했다. 한마디로 지하동굴은 또 다른 우주였다. 그동안 내가 해 온 스쿠버다이빙과는 또 다른 풍경이었는데 마치 꿈을 꾸는 듯 몽롱했고, 햇볕을 받아 푸른빛으로 반짝이는 물속의 자태는 그 어떤 아름다움과도 비교할 수 없었다. 이미 수천 년 전에 형성된 유카탄 반도의 땅 밑 동굴 세노테는 각양각색의 조각품처럼 기이했다.

그 기이함을 보고 만지면서 우리는 깊숙이 다이빙을 하거나 스노쿨링을 하며 유유자적 수영을 즐겼다. 정글처럼 여기저기 늘어져 있는 나무줄기와 시시각각 움직이는 태양이 만들어 내는 빛의 투영은 물속에서 보면 더욱 찬란했다.

수영을 하다 보면 어느새 함께 떠다니고 있는 거북이와 물고기를 만날 수 있었다. 이제 추우니 그만 가자는 J의 만류에도 조금만 더 있다 가자며 그란드 세노테 탐험을 계속했다. 단언컨대 세노테, 그곳의 지하세계는 스노쿨링을 즐기지 않고 그저 위에서 보는 것과는 전혀 다른 풍경. 그러니 이곳에 왔다면 반드시 수영을 즐길 것. 또한 반드시 물안경을 끼고 물 속 세상을 볼 것!

자전거로 다시 40분을 달려 숙소가 아닌 툴룸의 해변으로 갔다. 카리브해의 바다는 우리를 참 기분 좋게 했다. 편의점에서 사온 코로나 맥주와 해변의 레스토랑에서 50페소로 주문한 해산물 요리 세비체를 바닷가 앞에 앉아서 먹었다. 멕시코는 뭔가를 시키면 나초를 서비스로 주는 게 참 좋았다. 마치 한국의 맥줏집이 팝콘이나 새우깡을 주듯 우리에겐 익숙한 서비스.

 몸이 까맣게 타고 있었지만 소금기 가득한 바닷물에서 바다수영을 하는 재미도 영원히 기억될 것 같았다. 호텔존이 즐비한 칸쿤의 해변처럼 사람들이 북적거리지 않는, 조금은 다른 야생의 느낌을 주는 툴룸 해변. 땀에 범벅된 몸으로 하얀 모래 위를 구르고 다시 바다로 달려가 풍덩 빠져 바다수영을 하니 여기가 바로 지상낙원이었다.

 내일은 어느 세노테를 탐험하러 갈까? 오늘 갔던 그란드 세노테에 흠뻑 빠진 우리는 숙소에 돌아와서도 도란도란 세노테 이야기를 하느라 밤이 새는 줄도 몰랐다.

아마도 가장 아름다운 수중 동굴일 거야, 도스 오조 세노테

어제 다녀온 수중동굴은 잊을 수 없을 정도로 환상적이었다. 문득 세상은 너무나 넓고 그 넓이만큼이나 아름답다는 생각을 했다. 세노테에 가보지 않았다면 난 그저 칸쿤의 이미지만 간직했을 수도 있다. 멕시코에는 도대체 얼마나 많은 세노테가 있는 것일까?

툴룸에 온 이유는 몇 군데의 수중동굴인 세노테를 탐험하며 다이빙과 수영을 즐기고, 비싼 칸쿤의 호텔존을 떠나 여행자로서 자유로움을 만끽하며 툴룸 해변가에서 한가로운 시간을 보내기 위해서였다. 여행자들끼리 누가 먼저랄 것도 없이 인사를 건네고, 어느 나라에서 왔는지 묻고, 시간이 맞으면 함께 맥주를 나누어 마시고, 함께 도시를 이동하며 서로를 알아가는 다정한 시간. 이 여행자 숙소에서도 여행자 몇 명을 만났다. 대부분이 유럽에서 온 여행자였다.

함께 사용하는 부엌에서 저녁에 먹을 양파와 감자를 다듬으며 J는 그들과 이런저런 이야기를 나누었다. 우리가 인도에서 만났고 1년 전에 결혼했고, 이제야 뒤늦은 신혼여행으로 온 배낭여행이 6개월이 넘어가고 있다는 소개를 했다. 그러자 다들 박수를 치며 감탄했다. 특히 스웨덴 남자는 "와우, 너희는 여행을 통해 서로를 알고 결혼이란 걸 하게 됐구나. 내 꿈이 너희처럼 여행 중에 나와 생각이 같은 누군가를 만나 결혼을 하는 거야!"라고 말했다. 우리는 그날 서로의 여행 이야기를 밤늦도록 나누었다.

아침 일찍 스노쿨링 장비를 챙겨 성스러운 우물이라 불리는 '이킬 세노테'에 가기로 했지만, 다이빙이나 수영을 즐기기에는 너무 많은 관광객이 몰려 부산스럽다는 이야기를 들었다. 우리는 뒤도 안 돌아보고 가지 않기로 결정했다. 그런 곳은 우리가 좋아하는 곳이 아니니까. 이미 나와 있는 책과 사진으로 봐도 충분했다. 마치 유적지처럼. 우리는 그저 덜 유명해도 다이빙과 수영을 여유롭게 즐길 수 있다면 좋았다.

숙소 앞 도로에서 지나가는 콜렉티보를 잡아타 도스오조 세노테로 향했다. 동굴 앞 매표소에서는 픽업서비스와 포인트가 되는 모든 동굴탐험을 가이드와 함께하는 티켓을 패키지로 묶어서 판매했다. 하지만 우리가 선택한 건 가장 저렴한 150페소 일반 티켓. 픽업서비스를 포기하고 땡볕 아래를 걸어가려니 조금 막막했다. 동굴까지의 거리가 생각보다 너무 멀었던 것이다.

이제 막 걷기 시작했을 뿐인데 벌써부터 우리는 땀에 흠뻑 젖어 있었다. 때마침 오픈 카 한 대가 지나갔는데 타이밍을 놓쳐 히치하이킹에 실패했다. 뭐 어떻게 되겠지 하며 걷고 있는데 좀 전에 우리를 스치고 갔던 오픈카가 맞은편에서 다시 되돌아왔다.

캐나다에서 화학을 가르치는 교사들로 잠시 칸쿤으로 자유여행을 왔다는 중년 신사들. 그들은 우리를 지나치며 태워서 함께 가면 좋을 텐데, 생각했단다. 그리고 아무래도 이 더운 날씨에 그렇게 먼 거리를 걷는 건 무리일 듯해 친절히도 가던 길을 돌아 다시 우리에게로 왔다고 했다. 처음에는 게이커플인가 했지만 서로 친한 친구 사이였

던 이들은 항공과 숙박이 포함된 1,000불짜리 자유여행 패키지상품을 이용해 일주일간 카르멘 호텔존에 머물며 짧은 휴가를 즐기는 중이라고 했다.

도스 오조 세노테는 깊이는 물론 넓이도 어마어마한 하나의 둥근 홀이었다. 다이빙 장비를 메고 한 손에는 라이트를 든 채 전문가이드와 함께 다이빙을 하는 사람들도 보였다. 도스 오조에는 몇 군데 포인트가 있었다. 특히나 박쥐들이 서식하는 동굴은 위험해서 반드시 가이드와 함께 가야한다고 했지만, 캐나다 아저씨 두 명과 우리는 J의 아쿠아팩에 넣은 휴대폰 불빛만 믿고 수영을 해서 다녀오기로 했다. 다행히 우리 앞에 일본가이드가 있어서 뒤따라갔지만.

박쥐동굴의 물은 꽤 차가웠고 머리 위로는 박쥐들이 천장에 매달려 잠을 자고 있었다. 아쿠아팩에 넣은 휴대폰 불빛으로 바라보는 물속은 신비롭기 그지없었다. 이곳에서 몇 미터 아래로 내려가 수중동굴 탐사를 하는 경우, 전문가이드는 여분의 산소통 하나를 더 들고 가야 한다고 했다. 만에 하나 지반이 약한 세노테가 무너지는 일에 대비하기 위해서였다. 캐나다 아저씨들과는 손발이 척척 맞아 서로 의지하며 우리만의 완벽한 탐사를 마쳤다.

패키지 스타일로 여행하다가 우리를 만난 아저씨들은 너무 재밌고 좋다며 엄지를 치켜세웠다. 우리는 우연히 만나 함께 자동차를 탔고, 동굴탐사와 스노쿨링을 했고, 해변의 식당에 모여 앉아 만찬을 즐겼다. 어둑해질 무렵 아저씨들은 우리를 호스텔 앞까지 데려다 주었다.

우리는 오늘 하루 즐거웠다며 따뜻한 포옹을 나누고 헤어졌다.

숙소로 들어오니 갑자기 빗방울이 후두둑 떨어졌다. 날씨는 끈적거렸고 밖에는 어느새 세찬 비가 쏟아지고 있었다. 문득 벽에 걸려 있던 프리다 칼로의 사진이 눈에 들어왔다. 500페소짜리 멕시코 지폐에도 초현실주의 천재화가인 프리다 칼로의 얼굴이 담겨 있었다.

'나의 평생소원은 단 세 가지. 디에고와 함께 사는 것, 그림을 계속 그리는 것, 혁명가가 되는 것이다.'

언젠가 책으로 읽었던 슬프고도 강렬한 그녀의 삶을 기억해내며 그녀의 짙은 눈썹을 가만히 바라봤다. 그렇게 하루가 가고 있었다. 빗소리에 잠이 쏟아졌다.

툴룸의 포근한
카리브해에서

툴룸에서 지내는 하루하루는 수중동굴인 세노테를 찾아가거나 자전거를 타고 멀리 장을 보러 가거나 툴룸 해변가에 다녀오는 일이 전부였다.

"오늘이 며칠이더라…."

날짜를 세어봤다. 여행이 끝나가고 있다. 마지막 종착지로 멕시코 칸쿤을 정한 건 꽤나 탁월한 선택이었다. 생각해보면 이번 여행은 낯설었고, 긴 용기가 필요했고, 감동적인 순간이 많았던 만큼 때로는 고단했다. 시간이 지나면 우리는 이 시간을 어떤 모습으로 추억할까.

도스 오조스 세노테에 다녀온 날 밤, 어마어마한 비가 내렸다. 밤새도록 천둥과 번개가 하늘을 갈라놓았다. 태어나서 처음으로 겪는 어마어마한 천둥번개였다. 우리는 작은방에 모로 누워 밤새 뒤척였다. 천둥의 진동은 너무나 강렬해서 숙소의 벽을 울려댔다. 침대 다리까지 미세하게 흔들릴 정도였다. 얼마나 많은 비가 쏟아졌는지 다음 날 아침 숙소마당에는 채 빠지지 못한 빗물이 강물처럼 고여 있었다. 그 와중에도 우리는 15분 거리의 마트에 다녀오기 위해 비를 잔뜩 맞으며 자전거 페달을 밟았다. 우리는 어린아이처럼 소리 질렀다.

"야호!!! 우와!!! 좋아!!!"

한두 방울의 비에는 우산을 쓰지만 이런 엄청난 비에는 오히려 우산이 필요 없었다. 게다가 우리는 멕시코에서 그저 낯선 이방인일 뿐이었으니 어쩌면 더욱 과감하고 더 자유로운지도 몰랐다.

툴룸에서는 며칠째 추적추적 비만 내렸다. 우리는 매일 저녁 맥주를 사 와서는 멕시코 친구가 알려준 방법대로 소금을 묻힌 라임을 썰어 놓고 마셨다. 한국에서는 보통 코로나의 긴 병 안에 라임이나 레몬을 넣지만 현지인들은 맥주를 한 모금 마신 뒤 바로 레몬에 소금을 찍어 '흡-'하고 빨아 먹었다.

돌아가서 해야 할 일, 돌아가면 하고 싶은 일, 돌아가서 살아나갈 일들에 대한 이야기를 나눴다.

"잘할 수 있을까?"

"그럼, 잘할 수 있을 거야."

우리의 대화가 시작과 끝을 알 수 없는 시간과 공간 속으로 흘러들어갔다.

비가 멈추던 날, 우리는 툴룸의 해변가로 숙소를 옮겼다. 이제 바닷가 앞에서 망중한을 즐길 시간이었다. 방갈로 형태의 숙소에는 나무로 얼기설기 지어 놓은 방들이 있었다. 날이 더워서 통풍을 위한 것이라고 하기에는 방안이 너무나 훤히 들여다보였다. 심지어 사람들이 공동으로 사용하는 샤워실도 마찬가지였다! 놀라워하는 우리 얼굴을 살피던 주인은 물었다.

"어때? 정말 로맨틱하지 않니?"

"하하. 로맨틱? 이 뻥 뚫린 샤워실은 아무래도 좀 불편할 것 같은데!"

그래도 우리는 칸쿤으로 다시 돌아가기 전까지는 이 야생적인 숙소

에서 지내보기로 했다.

J는 여행자들과 어울려 해변에서 축구를 하거나 수영을 즐겼다. 그가 축구를 즐길 때면 나는 세비체를 주문해서 맥주를 마시거나 해변에 누워 낮잠을 잤다. 툴룸의 날들이 지나가고 있었다. 여행이 며칠 남았는지 손가락으로 날짜를 세어봤다.

문득 지구 반대편에 있는 이들이 생각났다. 언제나 그대로일 소중한 사람, 사람들…. 돌아갈 생각을 하니 이런저런 상념들도 함께 따라왔다.

웨딩드레스와 와이셔츠를 들고 떠난 여행

마지막 웨딩촬영이었다. 이는 멕시코 칸쿤이 우리 여행의 종착지란 뜻이기도 했다. 6개월이 넘는 긴 시간, 185일의 신혼여행을 함께 해준 드레스와 J의 와이셔츠와 나비넥타이. 그동안 내 드레스는 군데군데 구멍이 나거나 올이 얽혀버렸다. J의 흰색 와이셔츠 역시 어디에 걸렸는지 올이 풀리거나 색이 바래 처음과는 다른 모습이었다.

우리는 배낭 안에 드레스와 와이셔츠를 넣고 다니며 각 나라와 도시를 돌며 웨딩촬영을 하자는 결혼 초, 아니 연애할 때 했던 약속을 지켜냈다. 유명한 광장이나 관광객 북적이는 사람이 많이 모이는 곳에서는 누군가에게 카메라를 건네며 사진을 찍어 달라 부탁하기도 쉽지 않았다. 도둑들이 많아 늘 긴장해야 했으니까. 어쩌다 어렵게 부탁한 사진은 구도와 각도가 형편없이 틀어져 있기 일쑤였다. 주변에 사람들이 모여들어 구경을 하거나 박수를 치며 감탄하기도 했다. 그러면 쑥스러워진 나머지 사진 속 우리 모습은 부자연스럽게 굳어있는 경우가 허다했다.

언제부터인가 웨딩사진 찍는 일이 마치 숙제처럼 여겨지기도 해서 어서 후딱 해치우자고 마음먹을 정도가 되기도 했다. 그중에서도 특히 새벽 4시에 졸린 눈을 비비며 간신히 일어나 드레스를 주섬주섬 입고, 세수도 안 하고 나갔던 볼리비아 선라이즈 투어에서의 촬영이 가장 기억에 남았다. 한쪽 코에서 주르륵 흐르던 콧물 줄기. 물 위를 첨벙첨벙 걸으며 사진을 찍었는데 나중에는 너무 추워서 온몸을 달달달 떨면서 간신히 촬영을 마쳤다.

그렇게 추웠던 곳이 있었다면 더운 곳도 있는 법. 콜롬비아의 카리브해 산타마르타 인근 마을 타강가에서의 촬영은 드레스와 와이셔츠가 한마디로 오리털 파카 수준이었다. 온몸에 비 오듯 땀이 흘렀다. 멕시코 툴룸에서도 똑같은 기분이었다. 이렇게 더운 날 두 겹의 드레스는 치렁치렁하고 답답하기만 했다. 페루의 이카 사막에서도 이글거리는 태양 아래서 프라이팬에 달궈진 듯 뜨거운 모래에 발을 디딜 수 없어 꽤나 힘들고 어렵게 촬영을 끝냈다.

그런데 이상하게도 지나고 보면 힘든 여행지들의 웨딩촬영이 강렬하게, 또한 아름답게 머릿속에 각인되었다. 그때의 바람과 온도, 불어오던 사막의 모래와 흩날리던 머리카락, 별이 쏟아지던 동쪽 하늘, 강렬한 탱고 선율이 흐르던 부에노스아이레스의 산텔모 거리, 첨벙대던 우유니의 물이 들어찬 소금사막. 차갑게 얼어버린 발가락의 느낌, 뜨거운 태양에 땀으로 얼룩진 붉은 얼굴까지…. 그 모든 순간이 마치 어제 일인 듯 선명하기만 했다.

우리는 촬영을 마치면 꼭 이런 말을 했다.

"여행하면서 웨딩사진 찍는 거 참 쉽지 않은 일이야."

이 약속과 다짐을 지키기 위해서 우리는 참 많이도 힘들었다. 잘하고 있는 것일까? 의구심이 든 날도 많았고, 알 수 없는 불안감에 다투기도 했다. 그래도 우리는 해냈다. 여행한 나라와 도시 수만큼의 웨딩사진이 두 손에 남았다. 물론 그만큼의 추억도 함께.

드레스와 와이셔츠를 들고 떠난 여행. 돌아가서 이 사진들을 정리하면 어떤 마음이 들까? 벌써부터 추억하는 기분이 느껴져 왠지 쓸쓸했다. 돌아갈 날이 얼마 남지 않았다.

그리고
마지막 날

툴룸에서 며칠을 지내고 우리가 다시 찾은 곳은 칸쿤이었다. 이 여행의 피날레를 위한 마지막 하루는 편안하고 느긋하게 호텔존에서 다시 보내기로 오래전부터 계획했고, 호텔예약도 마친 상태였다. 처음 멕시코 칸쿤에 도착해서 머물렀던 3박 4일 동안 호텔존에서 보낸 호

멕시코, 툴룸

연애하듯 여행

이 웨딩드레스와 와이셔츠를 볼 때마다 추억하겠지
우리가 만나게 된 인연과, 우리가 지키려고 했던 약속과, 결혼의 과정과, 앞으로의 다짐,
우리가 걸었던 세상의 길과 바람을
서로를 잘 알고 있다고 생각하지만 어쩌면 아직도 낯선 연애 중인 남자와 여자는
연애하듯 여행을 하고 다시 서로를 알아간다

사스러운 날들은 고단했던 우리의 마음을 무장해제 시키기에 충분했다. 마치 그간의 힘든 여행길을 보상이라도 해주듯 우리는 카리브의 푸른 꿈속으로 풍덩 뛰어들었다.

배낭여행의 마지막 날을 보낼 호텔존은 전에 머물던 호텔보다 40불 정도 더 비싼 곳이었다. 우리는 새벽 5시 비행기를 타고 미국과 일본을 경유해 한국으로 돌아갈 예정이었다. 호텔존에서는 12시 체크아웃 이후에도 호텔의 모든 시설을 사용할 수 있기 때문에 우리처럼 새벽 비행기를 타는 사람들은 거의 2박을 하는 것과 마찬가지였다. 그래서 비행기를 타기 전 하루를 호텔존에서 보내기로 한 것이다.

툴룸의 방갈로를 일찍 나와 콜렉티보를 타고 칸쿤까지 돌아가는데 2시간 정도 걸렸다. 내일 밤 우리가 정말 비행기를 탄다고 생각하니 믿어지지가 않았다. 정말 이 여행이 끝나는 것일까. 칼칼한 김치찌개도 먹고 싶고, 파를 송송 썰어 넣은 라면도 먹고 싶다. 지글지글 조개구이도 먹고 싶고, 빨리 제주로 돌아가 은희네 해장국에 밥도 말아 먹고 싶다. 참 단순하게도 우리는 먹을 음식을 머릿속에 그려보며 한국으로 돌아가는 내일을 기대했다. 마치 오로지 먹으러 돌아가는 사람처럼 머릿속에 둥둥 떠다니던 한국 음식들.

두 번째 방문하는 칸쿤의 호텔존. 호텔로비는 많은 여행객들이 세련된 옷차림으로 체크인을 하거나 떠나거나를 반복했다. 하나같이 캐리어를 밀며 나타나는 여행객들. J와 나도 배낭을 메고 주렁주렁 짐을 든 채 로비에 서서 체크인을 하기 위해 기다렸다. 어느새 내 배낭커

버는 여기저기 찢어지고 헤져 있었다. 8년째 여행길을 나와 함께 하느라 너도 나처럼 낡아가고 있었구나. 제주에 도착하면 이제 그만 떠나보내야겠다.

호텔 체크인을 마치고 배정받은 방으로 들어갔다. 마지막 밤을 보낼 곳. 우리는 배낭의 짐을 풀기 시작했다. 그동안 머물렀던 툴룸의 숙소가 습해서 눅눅해진 옷가지를 꺼내 말리기 위해서였다. 그때 J의 가방 안에서 툭, 하고 기어 나오는 새끼손가락만한 바퀴벌레. 짐을 안 풀었다면 한국으로 데려갈 뻔 했던 바퀴벌레를 발견하고 한바탕 소란을 피운 뒤에 모든 짐들을 발코니로 가져가 털고 햇빛에 말렸다. 덕분에 옷가지며 물건들이 모두 뽀송뽀송해졌다.

다시 돌아온 칸쿤의 바다는 역시 카리브해를 제대로 볼 수 있는 가장 아름답고 찬란한 곳이었다. 더없이 푸른 하늘과 눈부신 바다와 하얀 모래는 언제 봐도 감탄스러워서 고맙다는 인사가 자꾸만 나왔다. 우리는 해변의 의자에 누워 지난 여행을 이야기했다.

"지금 만약 무슨 일이 생겨서 내가 죽는다고 해도 여한이 없어. 이번 여행에서 많은 걸 보고 또 많은 걸 경험했어. 우리는 누구보다 행복한 사람들이야."

그렇게 말하는 J의 눈 속으로 지난 여행의 시간들이 흘러갔다. 사랑하고, 다투고, 울고, 웃고, 다시 손 내밀었던 모든 시간들이 그 안에 있었다.

단 하루뿐인 이 시간을 우리는 온 마음을 다해 대했다. 바다수영을 했고, 칵테일을 마셨고, 몇 번이나 맛있는 밥을 먹었고, 물속에서 오랫동안 둥둥 떠다녔다. 마치 다시는 오지 않을 시간처럼 열심히. 다시는 즐기지 못할 순간처럼 소중히.

시간은 흐를 것이다. 어제처럼 오늘도 어김없이. 그래서 비행기를 타고 한국으로 돌아갈 내일도 반드시 올 것이다. 하지만 믿어지지가 않았다. 여행이 끝나간다는 생각에 슬프기도 하고 아쉽기도 하고 마음 한편에는 어서 빨리 돌아가고 싶다는 생각도 들었다. 무엇보다 이제 무얼 먹어도 헛헛한 우리 배는 한국 음식이 너무 그리웠으니까.

다음 날 체크아웃을 하고 짐을 맡긴 후 새벽 2시까지 호텔에서 시간을 보냈다. 공항으로 떠나기 전까지 무료로 제공되는 칵테일을 연거푸 마셨다. 스파를 두 번이나 하고 마지막까지 해변을 걷고 수영을 즐겼다. 웨이터에게 몇 번의 팁을 건네고 남은 멕시코 페소를 다 썼

다. 새벽 2시가 넘어 택시를 타고 칸쿤 공항으로 떠났다. 택시 안에서 창밖으로 손을 뻗어 바람을 잡아 보았다. 하지만 손가락 사이로 빠져나간 바람은 다시 새벽하늘 속으로 흘러갔다. 여행자처럼, 자유롭게.

몇 달 만에 조금은 가벼워진 배낭을 메고 이제 우리는 떠날 것이었다. 아쉬운 것인지, 슬픈 것인지 도무지 알 수 없는 마음으로 이 밤의 시간을 보내고 있었다. 시간이 느리고도 빠르게 흘러갔다.

배낭의 무게가 점점 우리의 어깨를 누를 때, 국경을 넘는 고된 시간이 찾아올 때, 먹고 싶은 것들이 생각날 때, 살갗을 에는 추위에 떨 때, 숙소를 잡으려 걷고 또 걸을 때, 우리는 생각했다. 이제 이런 여행은 너무 힘들다고. 우린 왜 이리 힘든 여행을 하는지 도무지 모르겠다고. 다음에는 이런 여행 하지 말자고. 그런데 막상 여행이 끝나고 돌아가면 힘들고 고단했던 그 시간들은 모두 그리움이 되어버릴 것이다.

우리는 다시 여행을 시작해도 어깨에 배낭을 메고 떠나자고 약속했다. 우리를 꿈꾸게 하는 건 언제나 그런 것들이었다. 힘들지만 소중한 것들. 아프지만 그리운 것들.

흐르는 시간과 함께 더러는 잊히고 더러는 희미해지겠지만, 여행의 모든 순간은 찬란히 빛났다. 혼자가 아니었기에 가능한 일이었다. 둘이었기에 용기 낼 수 있었고 견뎌낼 수 있었다. 여행의 모든 순간이 만들어낸 소중한 추억은 우리 삶을 이끌어주는 가장 중요한 원동력이 될 것임을 잘 안다. 우리는 누구보다 많은 기억을 함께 가진 행복한 연인. 우리의 연애는, 우리의 여행은, 우리의 결혼은 계속 될 것이다.

단단해진 연애,
단단해진 여행길

먼 길을 돌아 제주에 도착했다. 길이 멀었던 만큼 우리는 그동안 살이 많이 빠졌고 얼굴은 검게 그을려 있었다. 여행을 시작할 때 유채가 올라왔던 제주에는 이제 갈대가 물결쳤고 어느덧 겨울의 문턱에 가까워져 있었다.

주인이 자리를 비운 사이 우리 집 작은 텃밭에는 잡초가 무성했다. 은행에 가서 통장을 보니 잔고가 1,920원. 한동안 우리는 여행사진을 볼 여유도 없이 빠른 한국속도에 맞춰 적응해 나갔다.

J는 건축설계를 했지만 집에 대한 모든 것을 알고 싶다는 열망을 품고 있었다. 이를 이루기 위해 인테리어도 배우고 싶어 했다. 어렵지만 다시 그 계획을 실천에 옮겼다. J의 꿈은 내가 하고 싶어 하는 작은 심야식당과 우리가 함께 살 집을 직접 짓는 것이었다.

제주에 돌아와 또 다시 찾아온 4월. 꽃 피는 결혼기념일에 우리는 여행 때 들고 다니던 드레스와 와이셔츠를 꺼내 입고 집 앞 마당에서 웨딩사진을 남겼다. 긴 여행의 기억이 아직도 달콤하기만 한데 어느새 계절은 바뀌었고, 우리는 지구 반대편의 땅 제주에 있었다. 해마다 결혼기념일에 우리는 어디가 되었든 머무는 곳에서 사진을 찍기로 했다. 돌아와서도 여전히 잘 쓰고 다니는, 페루 쿠스코 시장에서 산 J의 창이 넓은 밀짚모자와 그의 와이셔츠와 나의 웨딩드레스를 입고.

여행이란 건 어쩌면 연애와 닮았다. 여행을 하면서 우리는 연애할 때와 다름없이 열심히 사랑했고 지독히 다투었고 멋지게 화해했다. 서로를 잘 안다고 생각했지만 때론 서로가 가장 낯설었다. 마음의 빗장을 여는 순간, 평범해 보이던 낯선 것들은 사랑하는 존재가 되어 우리에게 다가온다. 흐르는 시간과 함께 마음의 경계를 풀고 다가가면 무엇이든 마치 오랜 연인처럼 다정해지고 특별해진다. 때로는 고단하고 지치기도 하지만 어떤 당위성을 갖지 않아도 연애를 닮은 여행은 결국 다른 존재들과 연결된다.

프랑스 혁명가 미라보는 말했다. "사람은 사과와 같다. 쌓여 있으면 썩는다." 긴 여행에서 돌아온 후 우리에게 닥친 크고 작은 일들은 우리를 더욱 단단하고 견고하게 만들었다. 통장은 텅 비어있었지만 우리는 더 많은 시도를 했고, 그것들을 지켜내기 위해 더 노력했다. 덕분에 우리 가슴속에는 수많은 추억이 간직된 시간과 공간이 자리 잡았다. 쌓아두지 않았지만 누구보다 풍요로운 우리는 참으로 부자다.

우리는 서로를 '친구'라는 뜻의 에스파뇰인 '아미고'라고 부른다.

내 멋진 아미고. 무엇을 하든 든든한 내 편이 있다는 것. 앞으로도 모래알처럼 많은 일들이 우리에게 다가오겠지만 지금처럼 동지적 유대감으로 하이파이브를 할 수 있기를. 지금처럼 늘 우리 삶 자체를 당당히 선택하며 살아가기를.

아미고! 카르페 디엠!

- 시월의 제주에서

To. Lara
항상 날 사랑스럽게 봐줘.
언제나 우리 웃고 떠들고 싸우고 해도
다시 불꽃 튀는 삶을 살자.
사랑해.

연애하듯, 여행

글·사진 라라

1판 1쇄 인쇄 2015년 9월 23일
1판 1쇄 발행 2015년 10월 7일

발행인 신혜경
발행처 마음의숲

대표 권대웅
편집 송희영, 김보람
디자인 고광표
마케팅 노근수

출판등록 2006년 8월 1일(105 – 91 – 03955)
주소 서울시 마포구 동교로 144 – 13(서교동 463 – 32, 2층)
전화 (02) 322-3164~5 | **팩스** (02) 322-3166
페이스북 facebook.com/maumsup
ISBN 978 – 89 – 92783 – 94 – 1 (13810)

마음의숲에서 단행본 원고를 기다립니다.
따뜻하고 생동감 넘치는 여러분의 글을 maumsup@naver.com으로 보내주세요.